Best Time

白 马 时 光

忆君心似西江水

日夜东流无歇时

闺里敲声隐隐
渡头月色沉沉
含情远尺千里
况听家家远砧

东篱把酒黄昏后

有暗香盈袖

莫道不销魂

帘卷西风

人比黄花瘦

娇痴不怕人猜
随群暂遣愁怀
最是分携时候
归来懒傍妆台

若有诗词藏于心，
岁月从不败美人

慕容素衣 著

百花洲文艺出版社
BAIHUAZHOU LITERATURE AND ART PRESS

我对古典诗词的兴趣由来已久，在只有十来岁的时候，无意中从家里翻到一本《南唐二主词选》，当时坐在葡萄架下细读，起首第一句"春花秋月何时了？往事知多少"，瞬间将我吸引住了，只觉得平时萦绕在心间的许多微妙情感，都被这个叫李煜的词人一语道破，他说的恰巧就是我想说的，而且比我想说的还要妥帖、还要动人。

正因如此，我在考研的时候，才会选择古代文学，某次上唐诗选读时，导师胡遂谈到了李白的《三五七言》，说这首诗原是古琴曲，可以配乐唱的。学生们撺掇着求她一唱，胡老师放下手中的书，慢慢站起来，清清嗓子唱道："秋风清，秋月明，落叶聚还散，寒鸦栖复惊……"我一惊，这不是《神雕侠侣》结尾处的那首诗吗？初次听胡老师唱诗，只觉得和平时所听的流行歌曲大不一样，歌声低回，清越持重，迥别于当下流行的靡靡之音。

胡老师出身名门，高祖是胡林翼，当年和曾国藩左宗棠齐名，可以说是不折不扣的名门。她常常跟我们说，小的时候父亲把她抱在膝头，指导她读《聊斋志异》，使她打下了深厚的古文基础。我这个乡下来的孩子，在她的引领下，跌跌撞撞地进入了一个古典诗词的后花园，那里繁花似锦满园春色，即使只逗留了片刻，也足以受用终生。

在岳麓山下，我度过了三年与美好为邻的求学生涯。也许是因为在此之前，我已经阅读了大量诗词，有了一定的积累，所以学习起来如鱼得水，成了老师偏爱的弟子之一。文化要靠薪火相传才能得以更好地延续，我觉得自己从老师那里传承的不仅仅是知识，更是一种优雅、精致的生活态度。

有读者常问我，在远离古典的年代，为什么还是要读诗词呢？就我个人而言，诗词对我最大的帮助是可以养心，可以让人的心变得越来越细腻，越来越柔软，诗词能让你变得美好、自由、超越，既可以让你在极广阔极久远的时间与空间中放飞心灵，又可以让你深潜入内心最幽秘之处。诗词既是我寂寞时的良伴，也是我孤独时的知己，在我人生低谷的时候，总有一首诗，或者一阕词给我安慰。

正是从读研那时起，我开始接触古典文学，身为女子，我对那些隐藏在词韵诗香背后的古代才女备感亲切，总希望有机会能够写写她们的故事。毕业以后，我写了不少书，但还是头一次执笔写这些活在古典诗词中的才女们，张潮在《幽梦影》里说："所谓美人者：以花为貌，以鸟为声，以月为神，以柳为态，以玉为骨，以冰雪为肤，以秋水为姿，以诗词为心。"

本书描写的正是这样一群以秋水为姿，以诗词为心的才情女子，这其中既包括古代闻名的才女如谢道韫、鱼玄机、薛涛、李清照、朱淑真等人，也包括近现代逐渐为大众所熟知的才情名媛如沈祖棻、张充和、叶嘉莹等，尽管她们的人生跌宕起伏，却因诗词的滋养多了一份从容和美好，这种美好决不会因为岁月的流逝而褪色。

这既是一本才情女子合传，也是写给现代女孩的启示录，她们的故事，告诉了我们如何在浮躁的时代里，修得一颗玲珑的诗心，在不安的世界里安静地活。

王小波说过："一个人只拥有此生此世是不够的，他还应该拥有诗意的世界。"我深信，被古典诗词浸染过的女子，会拥有一个超脱于现实之外的精神世界，那里诗意芬芳，千百年之后还会留下它的余香，让有心人闻香而至。

目　录

第四章

临江仙：落花人独立，微雨燕双飞

目　录

第一章

凤求凰

且留琥珀枕

或有梦来时

卓文君：愿得一心人，白头不相离

"妾弄青梅凭短墙，君骑白马傍垂杨。墙头马上遥相顾，一见知君即断肠。"这两句诗在宫斗剧《如懿传》中出现了很多次，《墙头马上》可以说是如懿和乾隆的定情戏。这出戏说的是才子佳人私订终身的故事，女主角因为是随男主角私奔的，所以吃尽了苦头，以此为定情戏，难怪如懿和乾隆的爱情一开始就蒙上了阴影。

私奔这件事，听起来仿佛很美妙：月移花影，风动竹声，公子相候墙下，小姐姗姗而来，此后有情人终成眷属。但这种行为实际上风险是很大的，白居易就在诗中警告过怀春少女们：聘则为妻奔是妾！私奔的女子，名分上是得不到承认的。《红楼梦》中贾母也批判过这种风气，说这些才子佳人戏中的小姐，只要见到个稍微清俊点的男人，不管是亲是友，就想起终身大事来，父母也忘了，书礼也忘了，哪里还算得上什么佳人。

抛去道德方面的考虑，私奔其实是个技术活，难度还不小，既考验识人的眼光，又需要足够的胆略。史上最成功的私奔案例，汉有文君夜奔相如，隋末有红拂夜奔李靖，两相比较，文君才是私奔界的始祖，算得上开风气之先。

卓文君，西汉时期著名的美女兼才女。西汉时国力强盛，思想开放，诞生于那个时代的女子也大多清新自然、质朴真率，她们好像刚从《诗经》的旷野里走出来，还没有受到礼教过多的束缚。

文君，就是这样一个典型的西汉女子，成长在大汉的天空之下，出落成了一个健康明朗的女孩子。她容貌姣好，"眉色如望远山，脸际常若芙蓉，肌肤柔滑如脂"，出身于豪富之家，卓家是冶铁世家，到了她父亲卓王孙这一代已成临邛巨富，家里有良田千顷，连云豪宅，住的是华堂绮院，骑的是骏马良驹。

文君是在绮罗丛中娇养大的，可能是见惯了富贵，所以并不拿富贵当回事，她钟爱的是诗词歌赋，擅长的是琴瑟丝竹，尤擅古琴，史书上称她"善音律，有文才"。

和那个时代的很多女孩子一样，文君十六岁就早早地嫁了，十六岁，不过是个懵懂少女，没什么太多想法，只是听从父母之命罢了。她听话地嫁了，一年后丈夫去世，又听话地回到了娘家。当时还没有贞节牌坊这种事，女子丧夫之后只要还年轻都是被接回娘家，也不影响再嫁，汉武帝刘彻的生母就是先嫁平民，再嫁皇帝的。

文君正当青春美貌，自然不愁再嫁，临邛那么多有为青年，眼睛都盯着卓家这新寡的女儿，娶了她，不但有了如花娇妻，捎带着也有了万贯家财，大家都知道，以卓王孙的富有和慷慨，陪嫁一定是丰厚的。

卓王孙一边继续锦衣玉食地养着女儿，一边为她留心着适合的婚配对象。他不知道，女儿已经有了自己的主见，由不得他做主了。短短一年之内，文君已从少女蜕变成了少妇，风韵更胜以前，自我意识也开始觉醒，对于人生和婚姻都有了更多的认识，当卓王孙还期待着能好好地为女儿挑个乘龙快婿时，一个大胆的想法已经隐隐在文君心中成形了——这个夫婿，她想要自己来选！

　　父亲和女儿的择婿标准往往完全不一样，作为父亲，卓王孙心目中的理想女婿可以用八个字来形容：门当户对，非富即贵。非得如此，才能配得上他卓家泼天的富贵。卓文君的标准却截然不同，她已经嫁过一个富家公子了，知道公子哥儿也就那么回事，对于她来说，有没有财无所谓，重要的是有才，这样的男人，才能够让她发自内心地仰慕。

　　命运把司马相如送到了她的面前。司马相如，西汉闻名一时的才子，因仰慕战国时的名相蔺相如而改名为相如，这可以窥见他的野心，他渴望的，是名垂青史。

　　遇见卓文君之前的司马相如，可以用两个字来形容，那就是"落魄"。他空有一身才华却无处可以发挥，做过几任小官，但离他想做帝王师友的凌云壮志实在相差太远，后来干脆辞官不做了。唯一赏识他的人是梁孝王，送了他一把绿绮琴。等他来到临邛投奔朋友王吉时，除了这把绿绮琴和"蜀中第一才子"的虚名之外，已经身无长物。

　　就是在临邛卓家，上演了一出《凤求凰》的千古佳话。现在看起来，这更像一场事先预谋好的挑逗。司马相如应该早就听闻过文君的美名，却苦于不知如何在众多的追求者中突围而出，来博得佳人的青睐，所以尽管卓王孙再三邀请，他都婉言推辞，不肯轻易去卓家做客。当他和王吉将一切都筹划好了之后，才终于答应了卓王孙的盛情邀约。

那一天，司马相如来到卓家，后面跟着如云的车骑，雍容闲雅，风度出众。纵使在卓家上百人的宴会上，也无人能胜过他的风采。司马相如是个绝顶聪明的人，不仅懂得造势，而且深谙扬长避短的技巧。他口才不好，说话结结巴巴的，于是就干脆不说话，而是以琴曲来挑动文君的芳心。

酒过三巡，宾主尽欢之后，他从随从手中接过绿绮琴，弹了一曲《琴歌》：

> 凤兮凤兮归故乡，遨游四海求其皇。
> 时未遇兮无所将，何悟今兮升斯堂！
> 有艳淑女在闺房，室迩人遐毒我肠。
> 何缘交颈为鸳鸯，胡颉颃兮共翱翔！
> 皇兮皇兮从我栖，得托孳尾永为妃。
> 交情通意心和谐，中夜相从知者谁？

双翼俱起翻高飞，无感我思使余悲。

文君的心弦，就这样悄悄地被拨动了，她已站在屏风后面偷听了许久，琴声的缠绵热烈本已使她心醉神迷，司马相如所吟之词更是让她脸红心跳，他所说的那位淑女，指的难道是她吗？她早就听闻过这位才子的大名，还曾着迷于他写的《子虚赋》，没想到他本人的才华风采，居然还超出了她的预计。琴为心声，文字可以捏造，琴音却是作不得假的，她从他的琴声中听到了磊落和深情，他这是借琴曲来向她表白吗？她不禁怦然心动，同时又不敢相信。

女人的直觉总是准确的，当天夜里，司马相如花重金买通了文君身边的侍婢，代为传达他的爱慕之情——她猜对了，那首《琴歌》果然是为她一个人而弹的。

就在那天晚上，在夜色的掩护下，文君大胆地奔出了家门，奔向一见倾心的爱人，奔向不可预测的未来。这一奔，既成就了一段千古难遇的奇缘，也开创了自由恋爱的全新风气，在奉行父母之命、媒妁之言的古代，私奔几乎是自由恋爱的唯一途径，千千万万的女子受此激励，前赴后继地踏上效仿她的私奔之路，哪怕这条路坎坷不平、布满荆棘。作为先行者和开路人，文君投奔爱情的勇气实在可嘉。

文君和相如连夜跑到了成都，他们深知，以司马相如的家境，势利的卓王孙绝计不会允许他娶自己女儿的。

卓王孙闻讯果然大怒，气得向所有人宣称，女儿太过伤风败俗，他一个铜板都不会给她，就让他们喝西北风去吧。

司马相如的家里一贫如洗，文君和他过了一阵苦日子后，当机立断提出回临邛。相如本来还有点犹豫，但拗不过这个小娇妻，只得听从了她的建议。

回临邛后，两人卖掉了车骑，开了家小酒馆，文君当垆卖酒，司马相如穿着条犊鼻裤为客人们倒酒。他本来是个清高的文人，难得的是愿意为了爱情放下架子。这样做一来可以解燃眉之急，二来也可以寒碜一下卓王孙，文君知道，父亲爱面子，见她如此肯定看不下去。写到这里真想击节称赞下：好一个卓文君啊，真是有勇有谋，能屈能伸！

事情果如文君所料。卓王孙怕丢了面子，在亲友的劝告下，他派人送给他们奴仆百名、钱财百万，说到底，他还是爱女儿的，生怕这个娇生惯养的女儿吃苦头。

有了这笔钱后，相如和文君双双回到成都，终于过上了琴瑟和鸣、饮酒作赋的舒心生活。生计问题解决了，他也可以闲下心来和名流们结交，名声因此越来越大。这样的生活，全都拜他新娶的妻子所赐，可以想象，他对文君有多感激，他们之间，虽然示好的是他，表白的是他，但文君占有绝对的主动权和掌控力，没有他司马相如，文君依然能够选个张相如、李相如嫁了，可没有她卓文君，司马相如怕是只能在贫病交加中被人遗忘了。

落魄了半辈子，司马相如也总算时来运转了。这时候，又一块馅饼砸中了他，汉武帝登基后，好大喜功，很喜欢《子虚赋》这种洋洋洒洒的大赋，以为是古人之作，叹息不能与作者生于同一时代。在他旁边侍奉的小官杨得意是蜀人，忙说："此赋是我的同乡司马相如所作。"汉武帝听说后，又惊又喜，忙召司马相如入宫。司马相如确实不愧是汉赋大家，马上投其所好，又写了一篇《上林赋》，将武帝出猎的英姿和场面描写得生动壮丽，又暗含讽谏倡言节约，和《子虚赋》一起成为汉赋中的双璧。汉武帝看过之后对他更加赏识，亲自封他为郎官。

不得不说，司马相如真正称得上才大如海，他挥动着如椽巨笔，既写大赋，又写檄文，西蜀发生暴乱时，他一篇《谕巴蜀檄》将风波化于无形之间，深受汉武帝赞叹，又升他为中郎将出使西南夷。相如不辱使命，写出了《难蜀父老》来安抚西南边境的少数民族，各民族的首领都请求成为汉王朝的臣子。

　　相如入蜀时，蜀地百姓都以迎接他为荣，卓王孙率临邛商人们献上美酒佳肴，翁婿间前嫌尽释。卓王孙只恨将女儿嫁给相如的时间太晚，便另赠了一份丰厚的财物给文君，使她得到的和儿子所分的相等。

　　这可以说是文君最扬眉吐气的时刻了，连父亲都佩服她的眼光，她选中的男人，远远超出了她的期待。她没有察觉到，此时，爱情的天平早已经向相如那边倾斜了，两个人之中，高高在上的变成了他。

　　人一春风得意就会失态，有些飘飘然的司马相如很快犯了全天下男人都爱犯的错误，他喜欢上了一个茂陵女子，并一心想要纳她为妾。而文君，曾随他一起私奔，和他当垆卖酒的文君，已经被他一时间抛到了脑后。他还是顾忌她的，所以给她写了一封家书：一二三四五六七八九十百千万。

　　聪明的文君一看便知，这行冷冰冰的数字里唯独没有"亿"，可以解作无忆，也可以解作无意。她的夫君，难道已经既不想她、也不爱她了吗？

　　面对着相如的试探，文君没有方寸大乱，据说她写了一首《怨郎诗》作为回信：

一别之后，二地相悬。只道是三四月，又谁知五六年。七弦琴无心弹，八行书无可传，九连环从中折断，十里长亭望眼欲穿。百思想，千系念，万般无奈把郎怨。

有学者考证出这首诗是后人伪托文君之名所作的，都说诗如其人，这诗确实不像文君的手笔，以她的个性，应该不会如此悲悲切切做怨妇状，什么"万般无奈把郎怨"，写了这伪作的人，也太小瞧了她。

她当时确实写了一首诗以明心志，但不是《怨郎诗》，而是《白头吟》：

皑如山上雪，皎若云间月。

闻君有两意，故来相决绝。

今日斗酒会，明旦沟水头。

躞蹀御沟上，沟水东西流。

凄凄复凄凄，嫁娶不须啼。

愿得一心人，白头不相离。

竹竿何袅袅，鱼尾何簁簁。

男儿重意气，何用钱刀为？

这才是文君会写出来的诗，"皑如山上雪，皎若云间月"，开篇就不同凡响，以山上雪、云间月自喻，像雪月一般高洁的她，眼里揉不进一粒沙子，容不得半点玷污。

文君的性格，可以套用一句胡兰成评价张爱玲的话，"柔艳刚强，亮烈难犯"，当爱一个人时她可以化身为绕指柔，而当决心分手的时候她也可以凝萃为百炼钢。亮烈如她，决不容许夫君有二心，她要的爱是百分百的，如果只能得到一半，那么她宁愿不要。

"闻君有两意，故来相决绝"，即使今时不同往日，她仍然是那个敢爱敢恨的卓文君，仍然将主动权牢牢掌握在自己手里，爱便爱，不爱便一刀两断，决不含糊妥协，恨不得马上各奔东西，如"沟水东西流"。

"凄凄复凄凄，嫁娶不须啼"，她才不想学那些哭哭啼啼的弃妇，那样太没出息了，她就是要满不在乎，至少要表现得满不在乎。

但那句"愿得一心人，白头不相离"还是无意中泄露了她的脆弱，尽管满腔悲愤，她还是多么希望夫君能够记得当年的情意。她想起多年前的那个夜晚，她乘着夜色，奔向她的心上人，那时候期待的就是能够一心一意、白头到老吧。

她早就知道，她选择的是一条过于冒险的路，可所有的爱情归根结底都是冒险，当你全心全意爱上一个人的时候，就同时赋予了他伤害你的权力，想要品尝两情相悦的甜蜜，就得承受一方落空的风险。这样的结局，她早就设想过，只是真正来临时，心痛还是没有减少半分。

为了表明自己的决心，在《白头吟》之后，文君又附上了一篇《诀别书》：

> 春华竞芳，五色凌素，琴尚在御，而新声代故！锦水有鸳，汉宫有木，彼物而新，嗟世之人兮，瞀于淫而不悟！朱弦断，明镜缺，朝露晞，芳时歇，白头吟，伤离别，努力加餐勿念妾，锦水汤汤，与君长诀！

文君之才，实在不亚于相如，一篇《白头吟》，堪称史上最痛快、最自尊的分手宣言，后世给情郎写分手信的，没有一篇能超过此诗。文君用此诗，既捍卫了自己的尊严，又给对方留下了回旋的余地。

司马相如读了此诗后，不禁大吃一惊。他曾经代失宠的皇后陈阿娇写过《长门赋》，满纸都是哀怨乞怜，汉武帝读后却丝毫没有感动回头。

文君这首《白头吟》却绝不同于《长门赋》，他从中读到的，是一个女子竭力维持的自尊和倔强，以及深藏在倔强之后的痴情。这样一个女子，他怎么忍心辜负，又如何舍得放弃！

相如羞愧交加地向妻子认错，从此再也没提过纳妾之事，文君也大度地原谅了夫君。相如因病辞官，与文君退隐山林，风波过后，他终于成了她的"一心人"，两人安居林泉，白头到老。

卓文君生平文字都散佚了，只有《白头吟》留了下来，因为那句"愿得一心人，白头不相离"，确实说出了从古至今所有女子的心声，文君之后，那么多柔艳而亮烈的女子，仍然在倾尽全力地寻找着她们的"一心人"。尽管世事变迁无常，身为女子，却永远都向往着专一纯粹的爱情，"愿得一心人，白头不相离"是她们永恒不灭的渴望，我深信，只要这种渴盼还在，这句诗就会世世代代地流传下去，亘古不变。

蔡文姬：十八拍茄休愤切，须知薄命是佳人

曹雪芹在《红楼梦》中虚构了一个太虚幻境，其中有痴情司、朝啼司、夜怨司、薄命司等。如果将从古至今的才女分类，恰恰可以各入其司，朱淑真、唐婉应该入痴情司，贺双卿、冯小青可以入朝啼司，班婕妤、萧观音可以入夜怨司，鱼玄机、上官婉儿可以入结怨司，而蔡文姬，则最应该入薄命司。

"此生已分老沙尘，谁把黄金赎得身。十八拍茄休愤切，须知薄命是佳人。"宋人徐钧这首诗中所吟咏的佳人正是蔡文姬，历来佳人多薄命，而她尤其如此。蔡文姬，本名叫作蔡琰，

字昭姬，后来为避司马昭的讳才改叫文姬。她身逢乱世，一生三嫁，父死夫丧，颠沛流离，与子长诀，一个女人能够遭遇的所有磨难，她几乎全都遭遇了，如此多的苦难，只需其中任何一项都足以将人摧毁，她却不仅没有被摧毁，反而将之化成了史上最催人泪下的两首诗歌。

人一生的运气可能是有定数的，蔡文姬的运气，几乎在她少女时代就全部被花光了。

上天本来给了她一副好牌：她出生在东汉年间，当时天下还算太平，父亲是东汉著名的大文学家、大书法家蔡邕。蔡邕是个旷世逸才，类似于金庸笔下的黄药师，诗文歌赋、琴棋书画乃至天文地理、音律算数无所不精，尤其擅长书法和音律，人称他的书法"骨气洞达，爽爽有神力"，自创的飞白书体更是对后世影响深远。东汉末年的文坛，当以蔡邕为盟主，曹操未发迹时，也经常是他府中的座上宾。

蔡邕对音乐造诣很深，他有次带文姬路过吴县一户人家时，发现那人正在用一块上好的梧桐木烧火做饭，他忙把这块梧桐木抢救了出来，精心做成了一把古琴，由于尾部已烧焦，就命名为"焦尾琴"，弹起琴来声音果然清越无比，这把琴据说后来传给了文姬，一直陪伴在她身边。

身为蔡邕的掌上明珠，在父亲的影响和熏陶之下，蔡文姬小小年纪就开始崭露头角了。蔡邕被称为中郎，所以人人都说"中郎有女堪传业"，《后汉书》称文姬"博学有才辩，又妙于音律"，丁廙在《蔡伯喈女赋》中是这样描述蔡文姬的："伊大宗之令女，禀神惠之自然。在华年之二八，披邓林之曜鲜。……参过庭之明训，才朗悟而通玄。"

相传在她还不到十岁的时候，有次父亲蔡邕在院子中抚琴，弹着弹着忽然断了一根弦，屋子里的小文姬听了脱口说道："是第二根弦断了。"蔡邕诧异不已，为了测试下女儿听音辨弦的能力，他又弄断了一根琴弦，这次是故意的。小文姬再次不假思索地说道："这次是第四根弦断了！"

蔡邕听了后惊喜交加，从此悉心教授她琴艺，这段故事还被编成段子写进了《三字经》，连黄口小儿都知道"蔡文姬，能辨琴"，她也因此得了一个"四弦才"的雅称。

文姬的书法，也深得其父的真传，书法史上有种说法，说蔡邕的书法是神授的，然后传给蔡文姬，再由文姬传给钟繇，钟繇影响了卫夫人，卫夫人再传给王羲之。文姬所写书法至今只保留了一帖，只有短短十四个字："我生之初尚无为，我生之后汉祚衰。"后人取前两字命名为《我生帖》，此帖基本字字独立，草书中又保留着隶书的笔意，堪称难得的妙品。

文姬在蔡邕膝下一直被娇养到十几岁，然后才在父亲的安排下嫁给了卫仲道，她不知道的是，到这个时候为止，她已经提前透支了一生的好运，接下来迎接她的，将是数不清的噩运。

卫仲道按说和文姬也颇为般配，可新婚之后不久就因病去世了。巧的是，《红楼梦》中的史湘云据红学家们考证，也是嫁给了一个叫卫若兰的年轻人，后者也不幸早逝了。文姬和湘云一样，初次嫁的人都姓卫，也都是"厮配得才貌仙郎"，却终究"云散高唐，水涸湘江"。

丈夫的早逝拉开了文姬下半段悲剧人生的序幕，在他亡故之后，文姬因为没有生下一儿半女，只得快快地回到了娘家。此时天下已经大乱，董卓夺取汉室政权后，蔡邕被迫在其手下为官，但董卓对他倒是礼遇有加。王允设计杀掉了董卓，并扬言要将他的头颅挂于城墙之上，蔡邕却因感念董卓的知遇之恩在席间流泪悼念，让王允一气之下动了杀心，可怜这位旷世之才，最后还是惨死于政治斗争之中，因为他太过感情用事，脑子未免有些糊涂。

在大是大非的问题上，文姬远比父亲要清醒，关于这段历史，她在《悲愤诗》中写道："汉季失权柄，董卓乱天常。志欲图篡弑，先害诸贤良。逼迫迁旧邦，拥主以自强。海内兴义师，欲共讨不祥……"可见她对董卓率军叛乱、乱了纲常的行为是十分痛恨的，这样的见识甚至超过了她的父亲。

父亲的横死远远比丈夫的早逝对文姬的打击更大，在她出生以来，父亲就像一棵大树，而她就像栖息在树上的一只小鸟，如今大树已倒，小鸟失去了依傍之后，又去何处安身呢？

果然在父亲去世之后不久，她就迎来了人生中最大的噩运。其时天下越来越动荡，关中大乱，北方的匈奴人、羌人趁机闯入中原，烧杀掳掠，无恶不作，相对于这些凶悍勇猛的少数民族，生长在平原地带的汉人毫无还手之力，这一点在文姬的诗中也有生动的体现："平土人脆弱，来兵皆胡羌。猎野围城邑，所向悉破亡。斩截无孑遗，尸骸相撑拒。"

国已亡，城已破，百姓们流离失所，东奔西走，无依无靠的文姬也开始了逃亡之路。可到处都是烽火连天，一个弱女子，又能逃到哪里去？她很快就落到了匈奴人的手里，"马边悬男头，马后载妇女。长驱西入关，迥路险且阻。"

若想知道被掳的妇女经历有多么悲惨，可以参照下北宋灭亡时那些后妃公主的遭遇，金人攻下汴京后，这些女子连同徽、钦二帝一起被押往北地，受尽了凌辱，据记载，到了金国后，"妃嫔王妃帝姬宗室妇女均露上体，披羊裘"，可怜这些曾经尊贵的女性，一个个沦落到当众赤身露体的地步，可见连妓女也不如，金国上至帝王，下至兵士，更是对她们任意蹂躏，许多宗室女子就此被摧残至死。

可以想象，还只有十九岁的蔡文姬，被当成猎物般载在匈奴人的马后，心情有多么凄凉惶恐，就像一只待宰的羔羊，在朔朔寒风、漫漫黄沙中一步步走向屠场。一个美貌的女子，在此过程中经历了什么不言而喻。

到了塞外后，迎接她的是无尽的风沙和磨难，正如她在《胡笳十八拍》中所写的那样：

> 云山万重兮归路遐，疾风千里兮扬尘沙。
>
> 人多暴猛兮如虺蛇，控弦被甲兮为骄奢。

北地的一切都让她如此不习惯，这里的人以毡裘为裳，以乳酪为饮，以牛羊为食，她吃不惯这里的食物，穿不惯这里的衣服，更加不习惯这里的人，在她眼里，这些缺乏教养的匈奴人粗暴横蛮，和野兽没有什么区别。

　　但她不得不百般忍耐，只为了能够保全自己，包括委身于匈奴的左贤王也是如此。左贤王贪图她的美色，而她则需要左贤王的庇护，双方恰好各取所需。文姬是聪慧的，即便是在最坏的境地下，她也懂得如何尽可能改善自己的处境，而在彼时彼地，没有什么比活下去更重要了。

　　在此她展现了一流的生存智慧与适应能力，既然别无选择，她就试着去饮牛乳、食腥膻，试着去穿毡裘、住帐篷，日子一天天过去，她渐渐适应了北地的气候和饮食，甚至还学会了吹奏匈奴人最爱的乐器——胡笳。胡笳形似笛子，双簧片用芦苇叶卷制而成，吹奏起来音色既凄凉，又悲壮，仿佛混合着北方的凛凛寒风。

　　蔡文姬在这"胡天八月即飞雪"的苦寒之地一共待了十二年，并与左贤王生下了两个孩子。尽管如此，她却无日无夜不在思念着故乡，"感时念父母，哀叹无穷已。有客从外来，闻之常欢喜。迎问其消息，辄复非乡里。"

　　这时的中原大势已定，文姬父亲昔日的朋友曹操已经雄霸一方，他感念到往昔和蔡邕的交情，痛惜老友最心爱的女儿流落在边塞苦寒之地，便不惜花费重金，派使者用玉璧一双、黄金千两前往匈奴去赎回文姬。

　　曹操是个重感情的人，这个举动的初衷也是好的，却将文姬置于两难的境地，一方面，她时刻都想回归故土，另一方面，她又舍不得一双儿女。这应该是最难的抉择了，可现实根本由不得她选择，此时曹操势力雄厚，匈奴人多少对他有些忌惮，左贤王再宠她，也不会为她区区一个女子去得罪汉人的霸主。

　　身为一个汉人女子，既然君王有令，那么她将不得不归汉。对左贤王，她并没有多少感情，只是一对孩子怎么也割舍不下，分别的那一幕是如此惨烈残酷：

　　　　己得自解免，当复弃儿子。

　　　　天属缀人心，念别无会期。

　　　　存亡永乖隔，不忍与之辞。

　　　　儿前抱我颈，问母欲何之。

　　　　人言母当去，岂复有还时。

　　　　阿母常仁恻，今何更不慈。

　　　　我尚未成人，奈何不顾思。

　　　　见此崩五内，恍惚生狂痴。

号泣手抚摩，当发复回疑。

……

大凡为人父母的，只要读到这一段，无不会为之肝肠寸断。稚子无辜，却不得不和亲生母亲分别，从此山高水远，再难相见，就算是铁石心肠的人，读到这样的诗句也会不禁为之泪下。文姬归汉，一直是被当成佳话在颂扬，殊不知，这样的佳话是以一个母亲与孩子的永久分离为代价的，背后隐藏着数不清的泪水和心碎。

人生不相见，动如参与商，从此后母子长诀，今生再无相见的可能，"日月无私兮曾不照临。子母分离兮意难怪，同天隔越兮如商参，生死不相知兮何处寻。"

蔡文姬强忍着悲痛，一路风尘仆仆地回到了故土。对她的归来，曹操很高兴，特意在宫中设宴招待她，还亲自将她许配给董祀。至于文姬心里到底是怎么想的，曹操并不关心，其他人也不关心，从古至今，大多数人都将她看成是一个爱国主义的符号，用来寄托人们心系故土、热爱祖国的情结。以她为原型创作出话剧《蔡文姬》的郭沫若就常常说"蔡文姬就是我，我就是蔡文姬"，因为他也曾抛下日本的妻儿返回中国，但他忽略了，两件事情的性质完全不一样，他是主动回国的，蔡文姬则是被动的，尤其是抛下孩子这一点，他引以为豪，文姬则深以为憾。

嫁给董祀时，文姬已经年过三十了，算上左贤王的话，这是她人生中第三次嫁人了。董祀是个屯田校尉，官做得不大，也没多大的才具，但文姬安然地接受了这桩婚事。人在每个阶段的想法都是不一样的，经过那么多苦难之后，对于婚姻和人生，她早已没了不切实际的期许，所期盼的无非是能够平淡安稳地生活下去。

可上天好像故意在和她过不去，与董祀结婚后不久，他就因触犯法律而差点被处死。文姬闻讯后，当机立断，马上跑去求见曹操，因为走得太匆忙，连鞋子都顾不上穿。

当时曹操正在宴请宾客，酒席上都是公卿名士和各国使者，他听人通报说蔡文姬前来求见，便对宾客们说："蔡邕的女儿在外面，她素有才名，今天让大家见见她。"等文姬进来后，只见她赤着双脚，头发乱蓬蓬的，跪在地上向曹操叩头请罪，求起情来言辞有理，而又饱含着哀痛之情，在座宾客们听了后无不为之动容，曹操却有些为难地说："你确实值得可怜，但判决董祀有罪的文书已经发了出去，该怎么办呢？"文姬抬起头来说："您马厩里有快马万匹，属下的勇士多不胜数，为什么要吝惜一匹好马，而不去挽救一个垂死的人呢？"

曹操听了这话后深为感动，立刻发出新的文书赦免了董祀的死罪。这天天气寒冷，他见文姬赤足蓬头，不禁心生怜惜，当场赐给她头巾鞋袜。这时曹操可能起了爱才之心，接着又问她："听说你家起先有很多古籍，现在还能记得内容吗？"文姬回答："当年我父亲送给我四千多卷书，多年来我颠沛流离，很少有保存下来的，现在我能记下来的，只有四百多篇了。"曹操便提出："我派十个人帮夫人您记录下来好吗？"文姬却婉言谢绝说："男女有别，不宜亲授，请给我纸笔，我一个人默写出来给您就是，用楷书写还是用草书写，听凭您的吩咐。"回家后，她便将自己所记得的古籍内容默写下来呈给曹操，没有一点错误。

赤足求情这一幕可以说是蔡文姬人生中的高光时刻了，她虽然一生命运多舛，却并不是那种被命运推着走的人，比如这次，她就没有选择坐以待毙，而是主动争取，终于力挽狂澜，扭转了后半生的境况。

文姬的下半生于史无载，大致是还算平稳的，但早年间的苦难在她身上留下了难以磨灭的伤痕，追忆往事时仍唏嘘不已，化成了两首《悲愤诗》和一曲《胡笳十八拍》。

这是她的不平则鸣，也是她的泣血之声：

为天有眼兮何不见我独漂流？为神有灵兮何事处
我天南海北头？我不负天兮天何配我殊匹？我不负神
兮神何殛我越荒州？

今别子兮归故乡，旧怨平兮新怨长！泣血仰头兮
诉苍苍，胡为生兮独罹此殃！

胡与汉兮异域殊风，天与地隔兮子西母东。苦我
怨气兮浩于长空，六合虽广兮受之应不容！

母子长诀的伤痛一直埋在她心底，从来就不曾忘记，尝尽
了苦痛滋味的她禁不住问："如果苍天有眼为何让我独自漂流？
如果大地有灵为何置我于天涯尽头？我没有辜负上天，上天为
何对我如此之薄？我没有辜负神灵，神灵为何将我放逐到荒野
边地？"

这样的问题，注定是谁也无法回答的天问。上苍从来不是
公平的，好人未必幸运，坏人也未必遭殃，所以关汉卿笔下的
窦娥也曾提出过类似的质问："天地也，只合把清浊分辨，可

怎生糊突了盗跖、颜渊。为善的受贫穷更命短，造恶的享富贵又寿延。天地也，做得个怕硬欺软，却元来也这般顺水推船。地也，你不分好歹何为地！天也，你错勘贤愚枉做天！"

　　蔡文姬的意义却不只在于提出质疑，更在于她用自己的一生证明了：一个人即使被命运亏待了，被生活辜负了，也可以做到不辜负自己、不放弃自己，世界以痛吻她，她却报之以歌，一首《胡笳十八拍》，正是她的长歌当哭。生而为人，我们无法选择命运，我们唯一可以选择的是，当命运露出狰狞的一面时，坦然无畏地活下去，而这，正是蔡文姬给予我们的最大启示。

谢道韫：咏絮之才，林下之风

　　谢道韫的成名，始于一千六百多年前的那场大雪。

　　从前的雪，比现在要大得多，江南的雪花虽不如燕山那样大如席，下起来却也纷纷扬扬，将青山绿水涂抹得银装素裹。

　　那一天，雪也是这样铺天盖地地下着，下得没完没了，似乎没有停的迹象。会稽山阴县的一户人家里，男主人见这雪下得着实好看，忽然来了兴致，便将小一辈的子侄们都叫了过来，一家人热热闹闹地聚集在一起，小红炉上的黄酒热得微温，喝一杯正有助于诗兴。

男主人想考考子侄们，于是随口问道："白雪纷纷何所似？"意思是，你看这纷纷扬扬的大雪像什么呢？

一个小男孩脱口答道："撒盐空中差可拟。"

这个句子其实对得很不错，那空中飘落的雪粒子，不正像撒了一把盐在空中吗，男主人微微颔首，觉得侄子反应够快，比喻得也还行，但还是差了一点火候。他将目光投向晚辈们，期待能有更精彩的回答。

这时，一个小女孩朗声吟道："未若柳絮因风起。"这个比喻实在是精妙至极，天上的雪花，也只有随风飘荡的柳絮能够和它的轻盈洁白相比较了。与撒盐空中相比，柳絮因风而起又多了份诗意。最关键的是，此时下的应该是鹅毛大雪，而不是雪粒子，用柳絮来相比显然更为妥当。

人群中响起一片赞叹声，男主人也乐得抚掌大笑起来，对小侄女的回答十分满意。

这一次雪中问答，成了东晋年间非常重要的一幕，被载入了中国文学史。凡是稍微了解文学的人都应该知道，男主人的名字叫谢安，起先回答的小男孩是他的侄子谢朗，而令人赞许不已的则是谢道韫。

"未若柳絮因风起"，因为这个贴切而诗意的比喻，谢道韫由此博得了才女的美名，《三字经》里还专门提及了这段事迹，"蔡文姬，能辨琴。谢道韫，能咏吟"，将她与蔡文姬相提并论，"咏絮之才"则成了女子富有文才的专用词语。曹雪芹曾用"可叹停机德，堪怜咏絮才"来形容书中两个最具光彩的女性角色，其中"咏絮才"就指林黛玉，巧的是，林黛玉确实写过一首《唐多令》来咏柳絮。

谢道韫，安西将军谢奕的女儿，宰相谢安的侄女。作为东晋时最有分量的门阀世家，谢氏家族人才济济，与王家并称为"王谢"。

美学家宗白华说过："汉末魏晋六朝是中国政治上最混乱、社会上最苦痛的时代，然而却是精神史上极自由、极解放，最富于智慧、最浓于热情的一个时代。因此也就是最富有艺术精神的一个时代。王羲之父子的字，顾恺之和陆探微的画，戴逵和戴颙的雕塑，嵇康的广陵散（琴曲），曹植、阮籍、陶潜、谢灵运、鲍照、谢朓的诗，郦道元、杨衒之的写景文，云冈、龙门壮伟的造像，洛阳和南朝的闳丽的寺院，无不是光芒万丈，前无古人，奠定了后代文学艺术的根基与趋向。"

他概括得很全面，唯独遗漏掉了一个很重要的人，那就是谢安。和以上提到的艺术家不同的是，谢安不是以诗文取胜，而是纯粹以风度胜人，堪称魏晋风度的最佳代言人。

什么是魏晋风度的本质？依照我的理解，不是纵酒狂歌，不是服五石散，也不是放浪形骸，而是在重压之下依然能保持着镇定从容，稽康在临刑前顾日影索琴而弹，夏侯玄在雷击之下仍然倚柱作书，王献之在屋子着火时还能淡然处之，都是这种风度的展现，用《世说新语》中的话来说，也就是具有"雅量"。

而谢安，无疑将这种风度发挥到了极致，他生平几乎没有过失态的时候，尚在东山隐居时，他和孙绰、王羲之等人一同出海游玩，遇上了大风浪，孙王二人都惊慌失色，只有谢安坐在船头，吟啸自若，于是众人都佩服不已，认为他的雅量足以镇定朝野。后来淝水大战时，他和客人正在下棋，前方传来捷报，说侄子谢玄已率军大败苻坚，他仍然面色不改，照样下棋。

魏晋名士虽多，但能像谢安这样将风流、放旷、优雅、从容、大度等集于一身的人堪称绝无仅有，所以李白最崇拜他，既羡慕他"傲然携妓出风尘"的生活方式，更欣赏他功成身退的处世态度。

谢安是很重视对晚辈的言传身教的，谢氏一门，确实也是人才辈出，封胡羯末（封：谢韶。胡：谢朗。羯：谢玄。末：

谢川。都是小名），个个年少有为，如芝兰玉树，列于庭前。而这其中，最受谢安器重的反而是侄女谢道韫。

谢安是很赏识这位侄女的，这对叔侄之间，有种识英雄重英雄的惺惺相惜。谢安常常和晚辈们探讨诗文，除了赏雪咏絮那一次外，还有一次，他问子侄们："《毛诗》中何句最佳？"谢玄回答说："昔我往矣，杨柳依依；今我来思，雨雪霏霏。"谢道韫则答道："《诗经》三百篇，莫若《大雅·烝民篇》云：'吉甫作颂，穆如清风。仲山甫永怀，以慰其心。'"和上次一样，这次谢道韫的回答又深得叔父之心，谢安连连称赞侄女深具"雅人深致"。

本就系出名门，又怀绝世之才，谢道韫的眼光，自然是高得非比寻常。她弟弟谢玄算是一代军事天才了，在淝水大战时创下了以少胜多的奇迹，可当时年纪还小时，她总嫌这个弟弟不大上进，曾当面呵斥他说："汝何以都不复进？为是尘务经心，天分有限？"翻译成白话文就是："你为什么这样不长进呢？到底是俗事太多，还是你天资不够？"可以说批评得十分直白了，一点都不留余地。

那么谢玄有没有生气？并没有，而是虚心接受了姐姐的意见，从此洗心革面奋发图强。对这位长姐，他不但心服口服，而且推崇不已，达到了逢人就夸的地步。

当时有个叫张玄的，和谢玄齐名，并称为"南北二玄"，谢玄觉得自己的姐姐谢道韫举世无双，这位张玄也觉得自己的妹妹张彤云是人中之凤，两人为此争论不休，最后只得请一个常在名门中走动的老尼姑济尼来评判。济尼恰巧认识这两位名媛，于是对她们都下了一个评语，对张彤云的评语是"清心玉映，自是闺房之秀"，对谢道韫的评语则是"神情散朗，故有林下风气"。

人和人之间最怕的就是比较，清心玉映的张彤云，本来是闺秀中的出色人物，可与神情散朗的谢道韫一比，立刻就判若云泥了。明眼人一看就知道，深具竹林七贤林下风度的谢道韫，高出了闺秀派张彤云不知多少个段数，毕竟，闺秀派顶多是女子中的杰出代表，有林下之风的女子却实属罕见，谢道韫看来是气质型的美女，和那些寻常的庸脂俗粉相比，胜在风度，也胜在格局。

这样一个女子，得要什么样的男子才能配得上她呢？在为谢道韫择婿时，谢安想必也为此伤过脑筋。对这位侄女，他特别看重，所以才亲自为她把关。当时联姻最重门当户对，而说到这个，只有王家堪与谢家匹配，于是谢安就决定在王羲之的儿子中为侄女挑一个如意郎君。

王羲之一共生了七个儿子，谢安最先看上的是王徽之。说起来王徽之与谢道韫还蛮有缘，他们的成名都与下雪有关，谢道韫成名于雪天咏絮，王徽之则成名于雪夜访戴。在那个雪夜，他坐了一夜的船去拜访朋友戴逵，到了门前却没有敲门进去，而是原路返回，有人问他为何，他回答说："我本来是乘兴而行，兴尽而返，何必见戴？"

徽之的名士气派与道韫的林下风度还挺相配的，可谢安不这么看，他从一个家长的角度出发，觉得此人太过放诞，并不是做丈夫的理想人选。选夫婿嘛，就得选个老实可靠的，可不能选个不靠谱的。

因此他最后确定的人选是王凝之，王凝之是王羲之的次子，和父亲一样雅擅书法，善草书、隶书，为人也算老实本分，没有弟弟们那样纵情任性，年纪也正好合适。

可谢安没有想到的是，门当户对并不等于势均力敌，他为侄女精挑细选出来的夫婿，在才学与见识方面实在是远远逊于谢道韫，才薄学浅、性情迂腐就算了，更令人难以忍受的是，他太过信奉五斗米道，整天在家里步罡踏斗，拜神起乩。

这才有了著名的"天壤王郎"之叹。那是谢道韫嫁给王凝之不久后回娘家，谢安见她明显有些闷闷不乐，就宽慰她说："王郎，是王羲之的儿子，应该不会差到哪儿去吧，你为什么还是不开心呢？"谢道韫不满地感叹说："一门叔父，则有阿大中郎；群从兄弟，则有封、胡、羯、末；不意天壤之中，乃有王郎。"大概意思是，谢家叔父辈有谢尚、谢据，兄弟中有谢韶、谢朗、谢玄、谢川，个个都出类拔萃，没想到天地间，竟然还有王凝之这样的人！因此还诞生了一个专门的词语，叫作"天壤王郎"，指才女们不幸嫁给了庸人。

一个有才华的女人，是很难找到可堪与她匹敌的男人的，才华越高，嫁给庸人的概率反而就越大。前有谢道韫，后有朱淑真，都遭遇了这样的命运，但两者的处理方式截然不同。

不知道谢安听了侄女的抱怨后，有没有说一些宽慰她的话。但以谢道韫的豁达，可能并不太需要叔父的安慰，抱怨归抱怨，她明白时代和家庭不允许自己沉浸在遇人不良的情绪中，于是，牢骚发过后，该干吗干吗，照样夫妇安乐，家庭和睦，还生了一大堆儿女。

有时候，幸福感不是配偶给的，而是自己的心态决定的。那个时代的女子，大多将爱情和婚姻看成人生的全部，谢道韫的格局却要大得多，她的世界并不仅仅有婚姻，还有对清谈的爱好、对自然的亲近以及对智慧的向往。正因如此，即便婚姻让她有挫折感，她也能从中超脱出来，去拥抱另一个更广阔的世界。

魏晋时清谈成风，谢道韫从小耳濡目染，不知不觉中成了此中高手。她嫁到王家后，有一次小叔子王献之和他人清谈，一时理屈词穷，处于下风，谢道韫在内室听了后，就让婢女带了张字条给王献之，上面写着："欲为小叔解围。"得到王献之的同意后，她在屏风后面根据献之原有的观点引经据典，娓娓而谈，令在场的众人无不为之折服。

王献之，王羲之最小的儿子，与父亲并称为"二王"，草书尤其为人称道，传世的《鸭头丸帖》被人评价为："书法雅正，雄秀惊人，得天然妙趣，为无上神品也。"他曾与兄长王徽之、王操之一起拜访谢安，两位兄长喋喋不休，王献之只随便说了几句问候的话。离开谢家后，客人问谢安王氏兄弟的优劣，谢安说："小的优。"客人问原因，谢安解释说："大凡杰出者少言寡语，因为他不多言，所以知道他不凡。"

正因如此，很多人都认为，王献之才是唯一配得上谢道韫的王氏子弟，可惜的是，献之比道韫小。

东晋的风气是很开放的，《世说新语》上曾经记载有这样一则故事：王浑与妻子钟琰坐在院子里，见儿子王济从庭前经过，王浑开心地对妻子说："你我生了个这样的儿子，足以慰解人意了。"钟琰笑着说："若让我嫁给你弟弟参军王沦的话，那生的儿子还不止这样呢。"晋时女子，自信放诞如此，居然可以开这样的玩笑，而她的丈夫居然也丝毫不以为意。

谢道韫若真能嫁给王献之，两人自然更相匹配，但她显然比钟琰更为持重，绝对不会开那样的玩笑。而丈夫王凝之虽然平庸，至少还给予了她一定的包容，她可以与客人们清谈，也可以去泰山游玩，还留下了一首《登山》，诗写得气象非凡："峨峨东岳高，秀极冲青天。岩中间虚宇，寂寞幽以玄……"

她流传下来的作品不多，除了这首《登山》外，还有一首《拟嵇中散咏松诗》，全诗如下：

> 遥望山上松，隆冬不能凋。
>
> 愿想游下憩，瞻彼万仞条。
>
> 腾跃未能升，顿足俟王乔。
>
> 时哉不我与，大运所飘摇。

嵇中散也就是嵇康，谢道韫模拟嵇诗，可见对他的仰慕。嵇康为人，刚肠嫉恶，生性高洁，最后因拒绝与司马氏合作而不幸被杀。他常爱在山中采药，其人风姿特秀，望之若神仙中人。谢道韫写作此诗，可以看作是对嵇康其人其诗的追慕，向往着能够远离尘世的喧嚣，追随仙人王乔而去。

但心愿终究只是心愿，她还是得留在这凡尘间，承受着世事的沧桑与无常。

谢道韫四十多岁时，某一年，匪首孙恩率众攻打会稽，书呆子气重的王凝之全无防备，只知道求道祖庇佑。匪徒长驱直入，将王凝之及诸子杀得一干二净。丧夫和丧子的双重伤痛之下，道韫仍保持着镇定，不慌不忙地组织家丁保护好家眷，缓缓撤退，她自己抱着外孙坐着轿子亲自断后。

刚出街口，就与敌军相遇，家丁们顷刻间被杀散，她走出轿子，指挥着几个丫鬟仆妇杀敌。从来只会执笔的谢道韫干脆拿起钢刀亲自搏杀，竟也杀倒了两个，终因气力不济被缚。众人把她和她的小外孙推到孙恩跟前，望着这个刚杀了她丈夫儿子的大仇人，她侃侃陈词："他是刘家的后人，跟我们王家没有关系，你要杀他，先杀了我。"奇迹发生，孙恩被她的镇静从容所震慑，也为她的慷慨陈词而动容，下令放了祖孙二人。

　　自此以后，谢道韫开始矢志守节，终生未再改嫁。虽然是节妇，但是谢道韫和一般凡夫俗子眼中的节妇完全不可同日而语。当时的会稽太守刘柳也是一个雅量非凡的人物，久慕她的才名，专程到她家求见。谢道韫也是久闻刘柳的才气，粉黛不施，素衣素袍，坦然出来和刘柳相见。她先从自己的身世谈起，慷慨陈词，哀而不伤，然后感谢刘柳的造访，殷勤致意，词理圆到。刘柳谈了片刻就告辞，出门后叹道："巾帼中这样的人物今古罕见，只要瞻察言气，已经是让人心形俱服了。"谢道韫也表示："自逢丧乱，夫死子亡，一直郁郁，直到遇到此人，光听其言语，也足让人心胸大开。"

　　从此桩逸事可知道韫并没有因悲痛而迷失了心神，处变不惊的谢安风度，只有她得到了真传。她为人处事具有一种圆通的智慧，高蹈出世而又不愤世嫉俗，在名教中觅得了一片乐土。美国作家海明威曾极力推崇"重压之下的优雅风度"，这一点却恰恰在一千六百多年前的东晋才女谢道韫身上得到了完美的体现，拥有了这种优雅风度，即使泰山崩于眼前也不会改色，这世上没有任何坎坷能够摧毁得了她。

　　很多女子对人生的追求无非是爱和美，谢道韫的一生，却

　　是爱智的一生，只有在魏晋那样流行清谈、热爱智慧的年代，才会诞生出这样具有林下之风的女子。随着那个时代的落幕，这样的女子和嵇康的《广陵散》一样，都已成为绝唱。

鱼玄机：易求无价宝，难得有心郎

　　说起"唐朝豪放女"，人们最先想起的往往是鱼玄机。这要拜香港那部同名电影所赐，在这部片子里，饰演鱼玄机的夏文汐面容清丽，楚楚可怜，正处于人生中最美的年华。

　　只是夏文汐美则美矣，未免失之柔弱，无法演绎出鱼玄机那种"须作一生拚，尽君今日欢"的气质。

　　鱼玄机是谁？大唐赫赫有名的女道士，以风流冶荡闻名于世，也是唐朝四大女诗人之一，和李冶、薛涛、刘采春三人齐名，师父就是花间词的鼻祖温庭筠。

即便是在大唐著名的女道士中，鱼玄机仍然是名气最大的那一位。论诗才，论美貌，都是首屈一指的，唐人皇甫枚所著的《三水小牍》中称她"色既倾国，思乃入神"，有倾国倾城的容貌，也有出神入化的诗思。所以当年她写的诗，常常传播于士林之中，引无数才子学士竞折腰。

一个人得到多大的赞美，往往就要承受多大的诋毁。所以鱼玄机也是唐朝女诗人中最受争议的一位，不喜欢她的人总是攻击她的道德操守，将她看成妇人失行的典型，孙光宪在《北梦琐言》中甚至直接称她为"娼妇"。喜欢她的人则欣赏她的才华，辛文房在《唐才子传》中称赞她聪敏好学，钟惺在《名媛诗归》中则将她看成是"才媛中之诗圣"。

如此褒贬不一，和鱼玄机的性格有关，在唐代知名的三位女道士中，她的性格最为叛逆，也最是执拗，人们形容一个人执拗，往往爱说她"不撞南墙不回头"，而鱼玄机则是那种撞了南墙也不回头的人，哪怕被撞得头破血流，她也会继续勇往直前，直至粉身碎骨。这样强烈的个性，自然令爱者欲其生，憎者欲其死。

没有一个女人生来就是风流放荡的豪放女，在成为鱼玄机之前，她还是一个叫作鱼幼微的清纯小姑娘，对爱情和人生都有过美好的憧憬。

关于她的身世，人们知之甚少，只知道她出身寒微，书上说她是"长安里家女"，说明她出生在一个普通的庶民家庭，幼微这个名字，就透着一股小家碧玉的味道。尽管生于寒门，她却生性聪慧，从小就喜欢吟诗作文。她的父亲，可能是一位没有考取功名的读书人，对这个聪颖的女儿十分看重，在他的栽培下，小幼微很早就有了诗名。她的父亲和当时的文人也许还有着某些交集，有人考证出温庭筠认识她时她还只有十岁左右。

父亲去世得早，当时的小幼微才只有十岁出头，跟着母亲一起流落到平康里。平康里是长安城中妓女集居之地，相当于明末时的秦淮河，住在这种地方，少女鱼幼微即便没有沦落风尘，也肯定会成为很多人觊觎的猎物。

一个贫穷而美貌的女孩子在这世上会遇到什么，大抵鱼幼微都曾遭遇过。幸好她在平康里住的日子并不算太久，因为很快就有一位骑着白马的翩翩才子解救她于风尘之中。

这位才子就是李亿，字子安。对于现代读者来说，李亿的名气远远亚于鱼玄机，他之所以被后世记住，全因为沾了鱼玄机的光。可在当时，李亿是金榜题名的新科状元，正是多少高官达人们抢破了头的风流快婿。

关于鱼玄机和李亿的故事，还有一个特别有趣的桥段。唐时新科及第的进士榜上有名，便会在崇真观南楼高高张贴，除了应考的学子们，老百姓们也会一起去观看张榜。唐宣宗大中十二年，围观的人群中就有一位正当豆蔻年华的少女，她看着那些榜上的名字，忽然生出种怀才不遇的感慨来，当即赋诗一首，诗中说：

> 云峰满目放春晴，历历银钩指下生。
> 自恨罗衣掩诗句，举头空羡榜中名。

这一天，天气晴好，春光明媚，崇真观前峰峦起伏，一行行清晰遒劲的文字在新科进士的手下产生。而站在人群中的她，只恨自己的女子身份掩盖了一身的诗才，只能抬头空自羡慕那金榜上的进士题名，无法下科场和男人们一争长短。这诗写得志意激切，难怪辛文房在《唐才子传》中点评说，能够写出这般诗句的女子，假使生来是个男人的话，一定是个有用之才。

这个女孩子，自然便是鱼幼微了。意想不到的是，当她吟出这四句诗时，恰好被那年的新科状元李亿听见了，当即惊叹不已，没想到一个正当妙龄的女孩子居然能写出此等诗句。于是便对她留了心，旋即派人上门提亲。

这个桥段的真实性姑且存疑，但可以肯定的是，还只到及笄之年的鱼幼微，才华已经和美貌一样名闻遐迩，就像一朵散发着幽香的鲜花，吸引着蜂儿蝶儿闻香而来。而李亿，就是这些寻芳者中的一位。

情窦初开的鱼幼微，自然也将李亿看成了自己的佳偶，能够嫁给一位状元郎，是件非常荣幸的事，哪怕不能做他堂堂正正的妻子。按照当时的规定，士庶之间是不能通婚的，士人不能娶庶民女子为妻，只能纳为小妾，而鱼幼微甚至连妾都算不上，只能算是李亿的外室。在看重门第的唐朝，进士们流行娶妻必娶名门女子，李亿所娶的妻子，就来自大名鼎鼎的河东裴氏。

可对于初识爱情滋味的鱼幼微来说，只要能嫁给心中的如意郎君，哪里还顾得上计较名分。刚刚被李亿纳为外室时，他们的确有过一段如胶似漆的时光。唐朝读书人的娱乐生活还是很丰富的，他们常常在一起踏青赏花、嬉戏玩乐，鱼幼微有一首《打毬作》的诗，写的就是他们一道打马球的场景：

> 坚圆净滑一星流，月杖争敲未拟休。
> 无滞碍时从拨弄，有遮栏处任钩留。
> 不辞宛转长随手，却恐相将不到头。
> 毕竟入门应始了，愿君争取最前筹。

马球正是唐朝最时尚的运动，能在球场上与情郎一起骑马挥杖，鱼幼微应该不是人们想象中的那种弱不禁风的文艺女青年，而是个身手矫健、英姿飒爽的明朗少女。"不辞宛转长随手，却恐相将不到头"，欢乐中隐隐透着一丝担忧，由于外室妇的身份，即便是在两情相悦时，她还是担心这份恩爱无法长久。

由于李亿家中已有妻子，这注定了他们无法朝夕相对、长相厮守，所以她现存最早的那几首诗，都是在抒发对李亿的相思之情。也许是为了排遣愁情，有一段时间，她独自一人辗转走过江陵、汉江、壶关等地，到江陵时，她思念着他，"忆君心似西江水，日夜东流无歇时"（《江陵愁望寄子安》）；走到汉江时，她仍然思念着他，"烟里歌声隐隐，渡头月色沉沉。含情咫尺千里，况听家家远砧"（《隔汉江寄子安》）；走到壶关时，她还在思念着他，"饮冰食檗志无功，晋水壶关在梦中……书信茫茫何处问，持竿尽日碧江空"（《情书》）。再好的山水也抚慰不了她的寂寞，无论走到哪里，她心心念念的，仍然是她的郎君，她的子安。

这其中写相思之情写得最美的，则是那首《春情寄子安》，尤其是末句"别君何物堪持赠，泪落晴光一首诗"，我没有什么可送给你的，只有这一首诗，凝结着泪珠、闪烁着晴光的一首诗，它是如此晶莹剔透，又是如此婉转缠绵，每个字里都渗透了相思。"泪落晴光一首诗"，对于情人之间，再没有比这更好的礼物了。

可再好的诗，也挽留不住一颗变了的心。李亿对她的情意还是慢慢地转淡了，至于原因，据说是家中的妻子太过妒悍，不能接受鱼幼微进门。无奈之下，李亿只得将她送到道观，承诺过一阵就来接她。鱼幼微在道观中望穿秋水，期盼着能够重拾旧欢，可李亿却来得越来越少了。

一个弃妇经历过怎样的煎熬，独守在道观里的鱼幼微都经历过，那种想要割舍却又割舍不了的心情，如今从她的那些诗里仍然可以隐约见到，这个阶段，她写了不少抒发怨情的诗，比如这首《闺怨》：

靡芜盈手泣斜晖，闻道邻家夫婿归。

别日南鸿才北去，今朝北雁又南飞。

春来秋去相思在，秋去春来信息稀。

扃闭朱门人不到，砧声何事透罗帏。

"上山采靡芜，下山逢故夫"，此诗的首句就化用了汉代古诗中的这个典故，形容自己备受冷落的情景。她这首诗，令人想起杜甫笔下的那位佳人，"绝代有佳人，幽居在空谷。自云良家子，零落依草木……"纵有绝代风华，却只能落得个"天寒翠袖薄、日暮倚修竹"的结局。

"春来秋去相思在，秋去春来信息稀"，从春天等到了秋天，又从秋天等到了春天，她在等什么？等冰山融化？等情郎回头？可是等来等去，等到的却是薄情郎音信一天比一天稀少，情意一天比一天冷淡。可即便如此，她还是思念着他，想忘而不能忘，这才是最大的煎熬。读了她的诗才知道，一个女人的爱情，要经历怎样的千回百转，才会一点点地死去。

事情发展到这里，还只是一个普通的弃妇故事。可鱼玄机是谁啊？生性眼高于顶，还在少女时代，在街上见到了新进士题榜，就写出了"自恨罗衣掩诗句，举头空羡榜中名"这样的

诗句，自恨生为女子，不能赴科场和男人们一争高低，不然状
元进士什么的，还不是囊中之物！这样心高气傲的女子，怎么
会安安心心做个弃妇呢？

　　鱼玄机给李亿写了最后一首诗，诗是这样写的：

　　　　羞日遮罗袖，愁春懒起妆。
　　　　易求无价宝，难得有心郎。
　　　　枕上潜垂泪，花间暗断肠。
　　　　自能窥宋玉，何必恨王昌。

　　这首诗最有名的自然是"易求无价宝，难得有心郎"这一
句，很少有人注意到最后一句"自能窥宋玉，何必恨王昌"。
宋玉在此是美男子的代表，她是在借此来霸气地宣称：姑娘我
既然能迷倒一大片像宋玉那样的美男子，又何必再惦记着那个
微不足道的薄情郎呢！

　　子不我思，岂无他人？
　　既然没办法像个男人一样去考取功名，至少也能够像个男
人一样去浪迹情场。从此，那个以泪洗面自怨自艾的弃妇鱼幼

微不见了，史上艳名最盛的"唐朝豪放女"鱼玄机自此横空出世。

鱼玄机在自己住的道观前挂了块牌子，上面写着四个大字"以诗候教"。我们知道，古人都是比较含蓄的，所谓的"以诗候教"，相当于高高树起了一面艳帜，告诉大家：此处有美女，诗写得一流，色艺双绝，欢迎来切磋！

唐朝有些道观虽然不是什么清修之地，但像这样公然打开大门来迎客的还是少数。

牌子一挂出，那些文人骚客闻风而来，鱼玄机从一个无人问津的弃妇，瞬间成了炙手可热的交际花，半个长安城的才子们都拜倒在她的石榴裙下，连老师温庭筠都被后人附会出了和她的一段暧昧史。

温庭筠这个人天赋异禀，才思敏捷，据说他进场入试只要八叉手就能完成一首诗，因此人送美名"温八叉"。他写的词更是富艳精工，堪称花间词的鼻祖，但是这样一个能写出"照花前后镜，花面交相映"的才子，却生得面如锅盖，奇丑无比。从鱼玄机的情史来看，她还是比较注重男方的相貌的，用现在的话来说是颜控，所以她和温庭筠之间，更像是亦师亦友的关系。

在鱼玄机现存的诗里，有一首诗叫《冬夜寄温飞卿》，全诗如下：

苦思搜诗灯下吟，不眠长夜怕寒衾。

满庭木叶愁风起，透幌纱窗惜月沈。

疏散未闲终遂愿，盛衰空见本来心。

幽栖莫定梧桐处，暮雀啾啾空绕林。

温庭筠比鱼玄机至少大二十岁，她却用他的字来称呼他，昵称他为"温飞卿"，可见两个人的关系之密切。但他们是否真的相恋过很难确定，至少从这首诗来看，总体来说写得非常委婉含蓄，并不像她写给其他情人的诗那样直抒胸臆，洋溢着火一般的热情。据此看来，他们之间，即便有过暧昧，那也是点到即止的，并没有过于深入。至于那种将温庭筠看成是鱼玄机一生至爱的观点，不得不说太过偏颇了。

鱼玄机所住的咸宜观，转而成了当时最著名的温柔乡之一，长安才子们在这儿和她诗酒相和，流连忘返，恨不能老于是乡。道观里夜夜笙歌，男主角天天换，而她是唯一的女主角。

侍御史李郢，有潘安之貌，鱼玄机写给他的情诗，热度不亚于写给李亿的，比如"无限荷香染暑衣，阮郎何处弄船归。自惭不及鸳鸯侣，犹得双双近钓矶。"所谓只羡鸳鸯不羡仙，就是如此了吧。

乐师陈韪，妙解音律，白皙英俊，按照世俗的眼光来看，不过是一个弹琴的罢了，鱼玄机却对他青眼有加。

人们讥笑她是娼妇，其实她比妓女潇洒多了。妓女们大多是为了钱以色事人，鱼玄机呢，千金难买我乐意，她喜欢的，即使倒贴也愿意，她不喜欢的，腰缠万贯也会拒之门外。

这样戏剧化的人生，没多久就迎来了一个戏剧化的结尾。鱼玄机有个婢女叫绿翘，也生得明慧美丽，一次她外出时叮嘱绿翘说，若是陈韪来了，就告诉他她在某处。结果她傍晚回家后，绿翘告诉她，刚刚陈韪来了，见她不在家马都没下就走了。鱼玄机却怀疑绿翘与陈韪有私情，一怒之下将她剥光衣服，用鞭子抽打致死，然后将她埋在了后院里。有客人问绿翘哪儿去了，鱼玄机就谎称她偷偷跑掉了。没想到有个客人去后院方便时，恰好发现那堆土上聚集着一堆苍蝇，于是事情不可避免地暴露了。

在被收押之后，温庭筠等人一度试图营救她，按唐时的律例，即便杀掉无罪的奴婢，也只不过要徒一年而已，不巧的是，鱼玄机正好碰到了当年在她那儿碰了钉子的某位官吏，所以被处以秋后问斩。但我觉得，更大的原因是她触怒了当时的社会主流，在那样一个男权当道的时代，一个女人，凭什么可以随心所欲地挑战世俗规则，还活得这么痛快？

在不少关于她的小说里，鱼玄机在被刽子手砍下那颗美丽的头颅前，又一次吟出了她最著名的诗句，"易求无价宝，难得有心郎"，她死的时候，年仅二十七岁。

写这诗的人，听起来像是个痴情种子吧，谁能想象她竟然是人们眼中的荡妇。这就是鱼玄机人生的矛盾之处：看似浪荡的外表下，却埋藏着一颗渴望真情的心。明明身处在一个薄情的世界里，却仍然怀抱着不泯的深情。她就像现在的某些网络红人一样，用多情来掩饰真心，用放浪来挑战世俗，结果在豪放女的路上一去不复返，这样的人，注定不为世俗所容。

那天在车上听到陈淑桦的一首老歌《问》："只是女人，容易一往情深，总是为情所困，终于越陷越深。可是女人，爱是她的灵魂，她可以奉献一生，为她所爱的人……"忽然觉得歌中所唱的，正是鱼玄机这一类的女人，对于有些女人来说，爱就是她的灵魂。有些人将鱼玄机看成是女权主义的先驱，可在我看来，她只不过是一个缺爱的女人，一生都在寻觅她的有心郎，从未放弃，也从未得到。

李季兰：至近至远东西，至亲至疏夫妻

从前的才女们，一生大多被幽闭在极其狭小的空间内，接触到的人和事都极其寥寥，一辈子称得上乏善可陈，只能在诗词中抒发满腔幽情。只有极少数的女子，能够将生活过得如作品一样精彩，李季兰便是其中的一个。

隋唐盛世，正如张爱玲形容的那样，是个轰轰烈烈橙红色的年代，红色，的确是和大唐最相衬的颜色。如果用红色来比拟唐朝的这些女诗人，那么鱼玄机应该是轻飘飘的粉红色，最是妩媚不过，仿佛散发着诱人的香味；薛涛则是端庄的朱红色，雍

容中自带庄重；李季兰呢，就是那一抹橙红，有种剑走偏锋的明艳，如一轮红日，即将坠入晚唐的黄昏。

李季兰这个人，走的也是剑走偏锋的路线。《唐才子传》上说她"美姿容，神情萧散，专心翰墨，善弹琴，尤工格律"，其他几句描写都是泛泛的套话，唯有"神情萧散"四个字非常生动，"萧散"就是"潇洒"的意思，李季兰，在一众风采出众的唐朝女子中，都几乎可以算作是最潇洒的那一个了。

李季兰潇洒豪迈到什么程度呢？她虽是道观中的女道士，却一生绯闻不断，许多著名诗人都对她倾倒不已，她敢在酒席上说黄段子，也敢公然去挑逗和尚，敢把自己的道观变成最热闹的沙龙举办地，也敢视俗世的道德规矩为无物。最难得的是，她执着于爱情，却从来不会溺于爱情，拿得起也放得下。

如此奇女子，所作所为早已远远超出了当时的纲常伦理，以至于刘长卿居然以"女中诗豪"来称赞她，高仲武也称她"形气既雄，诗意亦荡"，这些通常用来形容男性的词语套在李季兰身上竟如此贴切，她既有男子的气概，又不乏女性的缠绵。伍尔芙曾说过："伟大的灵魂都是雌雄同体。"李季兰女性化的外表下就藏着一个雌雄同体的灵魂，这正是她独特的魅力所在。

　　李季兰本名李冶，字季兰，她生来早慧，六岁的时候就咏蔷薇说："经时不架却，心绪乱纵横。"按说是女神童啊，她父亲听了却老大不高兴，评价说："此女聪黠非常，恐为失行妇人。"照他的理解，"架却"也就是"嫁却"，一个六岁的小姑娘，竟然就写出了什么"嫁却""乱纵横"之类的诗，小小年纪就动了春心，简直就是有失体统，所以她父亲断定女儿以后肯定会沦为失行妇人。这个故事很可能是好事者编出来的，但也从侧面印证了人们对李季兰的印象。这个生性不羁的女子，注定要走上一条非比寻常的路，三从四德那条主流道路本就不适合她。

　　据说是为了避免预言成真，李季兰十一岁时，父亲就将她送进了道观做女道士。对这点我同样有些存疑，因为一个十一岁的女孩子就算再早熟的话，也不大可能展现出任何将要伤风败俗的迹象，她父亲此举未免太过不近人情。

　　不管原因是什么，总之十几岁时她就去了剡中玉真观，从此世上就多了一个叫李季兰的女道士。

　　我们现在想象中的道观是清静的修行之地，想象中的女道士应该过着与世隔绝、不食人间烟火的生活，但事实并非如此。唐时道观风气十分开放，作为一个女道士拥有着比寻常女子要大得多的生活空间，她们可以借道观来结交名流，自由交际，连金枝玉叶们都乐于出家当女道士，比如说唐玄宗的妹妹玉真公主，就是主动去当女道士的。别以为道士生活多寂寞，人家玉真公主道观的客人，都是大唐天字第一号的大诗人，前有王维，后有李白。

对于李季兰来说，道观真是一个再合适不过的居住之地了，只有这里，才能允许她保留着自己风流多情的天性，才能给予她选择所爱的生活方式的自由。

李季兰长大之后，果然应了父亲的话，成了一名游走在男人之中的女道士，人称"风情女子"。关于出家女子怀春，昆曲《思凡》中有一段经典的唱词："小尼姑年方二八，正青春被师父削去了头发。每日里，在佛殿上烧香换水，见几个子弟游戏在山门下。他把眼儿瞧着咱，咱把眼儿觑着他。他与咱，咱共他，两下里多牵挂。冤家！怎能够成就了姻缘，就死在阎王殿前，由他把那碓来舂，锯来解，磨来挨，放在油锅里去炸。由他，只见那活人受罪，那曾见死鬼带枷？由他，火烧眉毛，且顾眼下！火烧眉毛，且顾眼下！"这段唱词写得炽烈至极，可见少女怀春本是人的天性，清规戒律根本就束缚不住。

　　正当妙龄的李季兰，自然也渴慕爱情，一朵落花、一场细雨都能撩动起她的满腹幽情，有时看着天上的流云，她也会心旌摇荡，不能自持，情不自禁地写下了一首诗："心远浮云知不还，心云并在有无间。狂风何事相摇荡，吹向南山复北山。"天上的浮云随风飘荡不定，她的心情又何尝不是如此呢，只是拨动她心弦的，不是那天上的风，而是心中那种说不出的渴望。光从诗的本身来看，确实写得飘逸纵横，落落有名士风，不像出自女子之手，倒和她那位同宗的诗仙前辈李白有些相似。

　　李季兰天生丽质，又诗才出众，秉风情，擅月貌，在吴兴一带很快出了名，文人墨客们闻风而来，一个个拜倒在她的美貌和诗才之下。李季兰的绯闻男友名单里，有赫赫有名的茶圣陆羽，有诗文双绝的诗僧皎然，有风流才子阎伯钧，刘长卿、朱放这些当时的才子诗人都是她的座上客。将这些名字串在一起，俨然就是一部微缩的中唐文艺史，如果说他们一起构成了那个年代的熠熠星光，那么李季兰就是被围绕在中间的那一轮月亮。

　　李季兰先后住过的玉真观和开元寺，就成了吴兴最热闹的文艺沙龙举办地，一群文艺青年整天聚集在她身边，流连诗酒，宴饮酬唱，当真是座上客不停，樽中酒常满。而李季兰的身份，则是聪慧多才的沙龙女主人，类似于"太太客厅"中的林徽因，只是她比林徽因要放得开得多。

在我的印象中，李季兰似乎是史上第一个以说黄段子留下艳名的女诗人。有一次吴兴文艺青年们聚会，她知道刘长卿有"阴重之疾"，也就是现在我们所说的疝气。得疝气的人会睾丸肿胀，为了减轻痛楚，只能用布兜托起睾丸。

李季兰当着一众男人的面，故意打趣刘长卿，借用陶渊明的诗问他："山气（谐音疝气）日夕佳？"刘长卿也是个妙人，一点都不气恼，也用了陶渊明的一句诗回答她："众鸟欣有托。"

在座的人都大笑了起来，大家都觉得他们的对话真是又有才又机智，后来此事还被作为一段美谈写进了《唐才子传》，这样的黄段子比起如今的荤笑话要高出百倍，能在男人主导的聚会上如此谑浪笑傲，李季兰的风流放诞可见一斑。漂亮的女子比比皆是，但拥有有趣灵魂的却万里挑一，而李季兰恰恰两者兼具，她有着女人中少有的幽默感，可以想象，这样一位风趣开朗的女子，给诗人们的聚会带去了多少笑声。

李季兰和大多数人的感情，都处于比友情多一点、比爱情少一点的状态，比如说和陆羽就是这种情况。陆羽是个弃儿，从小在佛寺中长大，相貌丑陋，又有口吃，但品性高洁，热爱茶道，从不以贫贱为耻。他们两个人从小就认识，又有着类似的飘零身世，因此同病相怜，惺惺相惜。

　　用现代的话来说，陆羽就相当于是李季兰的男闺密，他确实也尽到了一个男闺密应有的责任：李季兰寂寞了，他就过来陪她品茶吟诗；李季兰生病了，也是他第一时间来嘘寒问暖，给病中的她带来了莫大的欣喜，她特意写了一首诗叫《湖上卧病喜陆鸿渐至》作为答谢：

　　　　昔去繁霜月，今来苦雾时。相逢仍卧病，欲语泪
　　先垂。强劝陶家酒，还吟谢客诗。偶然成一醉，此外
　　更何之？

　　"偶然成一醉，此外更何之"，这话说得何其洒脱，躺在病床上的李季兰清醒地认识到人和人之间的关系本就是变动无常的，能够和知心好友拥有这短暂的一醉就已经足够了，此外又何必奢望更多。

　　李季兰的洒脱在和皎然的关往中更加凸显，皎然是中唐的著名诗僧，和陆羽是好朋友，应该也是陆羽介绍他们认识的。

一来一往中，皎然娴静的风度、出众的才华吸引了李季兰，她渐渐喜欢上了他。也许你会说，皎然可是个和尚啊，开放的唐朝女子可不管这些，唐太宗的女儿高阳公主就曾和高僧辩机轰轰烈烈地爱了一场，李季兰也是如此，她对皎然动心之后，就开始借诗传情，主动去"诱僧"了。

只是落花有意，流水无情。皎然是个真正有定力的高僧，拒绝了李季兰的好意，还写了一首诗送给她：

> 天女来相试，将花欲染衣。
> 禅心竟不起，还捧旧花归。

高僧就是高僧啊，一首拒绝人的诗都写得如此禅意十足，丝毫都不让人感到难堪。比较起来，后世的情僧苏曼殊拒绝人时所写的"还卿一钵无情泪，恨不相逢未剃时"就未免太缠绵了。

李季兰被喜欢的男人拒绝后，既没有恼羞成怒，也没有因爱生恨，还是开开心心地和皎然做朋友，真是潇洒到了一定境界，不枉皎然写诗称她是"天女"。

由于身边环绕的男人太多，当时也有很多人指责李季兰轻薄，但她决不是那种逢场作戏的浮浪女子，相反，她对感情是非常认真的，她留下的十六首诗中，大多充满了强烈的情感和刻骨的相思，所以钟惺在《名媛诗归》中评价她是"情重者"。

真正和李季兰确定有情人关系的是朱放和阎伯钧。朱放是当时有名的名士，风度清越，两人曾经倾心相恋过，彼此都给对方写过诗，可不久后朱放到江西去做官，两人不得不分别。分开之后，李季兰还写了一些抒发思念之情的诗，如这首《寄朱放》："望水试登山，山高湖又阔。相思无晓夕，相望经年月。郁郁山木荣，绵绵野花发。别后无限情，相逢一时说。"相聚的快乐是那么短暂，而相思的苦楚却是那么漫长。

在朱放之后，李季兰和阎伯钧也相爱过，她留下的诗里，以写给阎伯钧的数量最多，大多是送别和思念之作，因为那时做官的人往往东奔西走，这些诗中，如"相看指杨柳，别恨转依依""离情遍芳草，无处不萋萋""莫怪阑干垂玉箸，只缘惆怅对银钩"等，都写得情深款款。

由于聚少离多，在这些恋情中，李季兰尝得最多的不是相聚的快乐，而是相思的煎熬。她有一首专写相思之情的诗是这样写的："人道海水深，不抵相思半。海水尚有涯，相思渺无畔。"以海水之深，居然还抵不上一半相思，可见这相思有多么刻骨铭心。但她为了那短暂的欢会，宁愿尝尽这相思的苦楚。

对于男女之间的关系，李季兰其实是看得很通透的，她最有名的一首诗叫作《八至》，只有简单的四句话：

至近至远东西，至深至浅清溪。

至高至明日月，至亲至疏夫妻。

最后一句真是醒世恒言，不过是六个字，就将夫妻关系概括得无比深刻：天底下的夫妻，不正是恩爱时亲密无间，好得就像一个人，等翻脸后却反目成仇，乃至于对簿公堂都有。世上的关系，没有比夫妻更亲密的了，但悲哀的是，夫妻之间的关系恰恰也是最容易变化的。

看来对婚姻这回事，李季兰是彻底看穿了，一定是经历过切肤之痛的人，才能够写出如此饱含哲理的话来。

但看破并不等于放下，尽管早已认识到世事是如此无常，情爱是如此不足以依恃，她却仍然对所爱的人一往情深义无反顾。作为一个女道士，孤独是她的宿命，她早知道那些感情都是没有结果的，但仍然不管不顾地全心投入，明知道男人最后都会离开她，却还是奉上全部的赤诚。

在这方面她和鱼玄机很像，她们都是至情至性的奇女子，很多人将她们看作同一类型，都是那种"唐朝豪放女"。但若对她们深入了解的话，就会发现两者还是有很大区别的。李季兰没有鱼玄机那么大戾气，更没有她那么大怨气，鱼玄机用力过猛，爱走极端，李季兰则举重若轻，决不过激。

李季兰的身上有种女人少有的游戏精神，这让男人和她在一起相处时毫无压力，十分轻松，所以那么多才子名士都想和她做朋友，因为她让他们快乐。在那个年代，女人总爱在男人面前流泪，只有她一个人总是在笑，这是多么难得，所以作家江湖夜雨用"吴兴宝贝"来形容她。她这辈子，追求的不过是和有情人做快乐事，至于是劫是缘，她并不在乎。什么是豪放，这才是真正的豪放。

李季兰的诗名甚至传到了皇宫，天宝年间，唐玄宗听说吴兴有这么个会写诗的美貌女道士，特意下了一道旨令，召她入宫面圣。那时她年纪已有些大了，进宫之前，还写了一首《恩命追入留别广陵故人》，诗中说：

无才多病分龙钟，不料虚名达九重。

仰愧弹冠上华发，多惭拂镜理衰容。

驰心北阙随芳草，极目南山望旧峰。

桂树不能留野客，沙鸥出浦谩相逢。

从"龙钟""衰容"等词来看，此诗应该作于她的晚年。诗写得不卑不亢，虽是蒙诏入宫，却并不狂喜失态，反而眷恋江湖的自由，看来越到后面，她活得越明白了。

玄宗本来可能是冲着她的美貌去的，结果一看，俊倒是很俊的，只是已经是个俊老太太了。尽管如此，他还是欣赏她的才华，留她在宫中住了一个多月，又赐给她许多珍宝，才放她回去。此事和李白蒙诏入宫做供奉翰林、后被赐金放还的事还真相似，李季兰作为一个女子，能被天子召见，可见诗才是多么出众。

可名声太大也不是好事，唐德宗年间，朱泚叛乱称帝，李季兰此时正在京城，不幸陷身伪朝。因为她诗名在外，朱泚便让她写诗歌颂新朝，李季兰无奈之下，只得赋诗一首献上，诗中内容，无非是些天下归心歌功颂德的套话。唐德宗收复京城后，追究附逆的人，李季兰因为给朱泚献过诗，就被他下令无情地扑杀了。

不必把这看成是她人生的一个污点，在时代的剧变中，她的所作所为，无非是想挣扎着努力活下去而已，这没有什么可值得指责的。最终皇帝却用她的生命来挽回大唐王朝丢掉的脸面，所谓恩命，本来就是完全靠不住的。

一代奇女子的故事，就此匆匆落幕。李季兰的下场堪称悲惨，但回顾她的人生，却发现她差不多已经实现了很多现代女子孜孜以求的目标——她以自己喜欢的方式，度过了一生。

第二章

对月

不知今夜月
还照几人愁

薛涛：不结同心人，空结同心草

　　作为天府之国，蜀地素来多产美女，比如回眸一笑百媚生的杨玉环、冰肌玉骨自清凉无汗的花蕊夫人，都是四川人。但人们说到蜀地美女的代表，提及的往往并不是她们，而是另外两位美女，有诗为证："锦江滑腻峨眉秀，幻出文君与薛涛。言语巧偷鹦鹉舌，文章分得凤凰毛……"

　　锦江与峨眉，都是蜀地名胜，锦江的滑腻与峨眉的秀丽，才变幻出像文君与薛涛这样的美女，言语巧妙得像偷了鹦鹉的舌头，文章华丽得像分了凤凰的羽毛。其实拉出卓文君来，纯粹是做陪衬的，因为薛涛才是诗中的主角，这首诗的名字就叫作《寄赠薛涛》，而写诗的人正是元稹——薛涛的头号绯闻男友。

薛涛身上的光环是很多的：

她是《全唐诗》中现存诗歌最多的女诗人，多达 89 首；

她是第一个被节度使向朝廷奏请为"校书郎"的女子，能协助地方长官处理案牍公文；

她是"薛涛笺"的发明者，从此让红笺成了写情书的最佳载体；

后人为纪念她而建的楼，是与杜甫草堂相提并论的蜀中胜地；

她与鱼玄机、李季兰齐名，却是三人中唯一一个得善终的；

她经历过常人未曾经历过的繁华，最后却在常人难以想象的寂寞中走向了人生终点；

……

也许是因为薛涛的人生相对平稳，她在后世的名气反而常常被鱼玄机、李季兰盖住，可在当时，她的光彩是无人能比的，就如传说中的倚天宝剑，当真是"此女一出，谁与争锋"的气概。

薛涛，字洪度，名和字都相当大气，而且偏中性，没有一丝脂粉气。那时候的女子鲜有字的，可见她的出身还不错。据说她的父亲薛郧曾经在长安做过官，算是出生在官宦家庭了。

关于薛涛的籍贯历来有很多争议，有说是长安的，有说是乐山的，也有说是眉山的，我倾向于认为她原籍是乐山的，乐山自古有"上朝峨眉，下朝凌云"之说，薛涛曾经写过一首叫《乡思》的诗，首句就是"峨嵋山下水如油"，正饱含着对故乡的深深眷恋。峨眉有天下秀之称，正是那样秀美的山川，才孕育出如此钟灵毓秀的女子来。

才女的一生，就如戏曲中的名角亮相，一揭开帘幕就令人为之惊艳。薛涛人生中的第一幕戏也分外精彩，那年她才八岁，随父亲薛郧在家中的梧桐树下乘凉，微风带来阵阵清凉，鸟儿在枝头啾啾地细语着，薛郧忽然来了诗兴，随口吟道："庭除一古桐，耸干入云中。"他本来兴致挺好，没想到吟完这两句后续乏力，一时想不起后面该怎么接了。这时小薛涛抬起头来，挺身而出替父亲续了后两句："枝迎南北鸟，叶送往来风。"父亲听了后惊喜交加，喜的是，女儿小小年纪，居然如此诗思敏捷，惊的是，一个八岁的小女孩，就说什么"迎来送往"的，似乎是不祥之兆。这则诗谶和李季兰六岁时作"经时不架却，心绪乱纵横"比较类似，隐隐埋下了她们日后成为"失行妇人"

　　的预兆，很像是后人附会出来的，但也可以看出，薛涛确实是十分早慧的。

　　薛涛很小的时候，父亲薛郧就因得罪权贵被贬到了四川，一家人从长安迁居到了成都，薛涛由此与成都结下了不解之缘。几年之后，薛郧不幸染病身亡，只留下孤儿寡母相依为命。此时薛涛只有十四岁，母女俩的生活无以为继，无奈之下，她只好入了乐籍，成了一名营妓，印证了"迎来送往"的预言。

　　这种乐妓和我们平常理解的妓女还是有些不同的，有点类似于日本的艺伎，通常来说是卖艺不卖身的，接待的也并非寻常百姓，而是达官贵人。但无论如何，一个十几岁的小女孩就此沦落风尘，不得不以色事人，未免还是令人有些心酸的。

　　薛涛的美貌和才华都很出众，书上称她"容姿既丽"，又"通音律，善辩慧，工诗赋"，因此很快在交际场上脱颖而出。和李季兰一样，薛涛也是以言辞敏捷著称的，常常在席间谈笑风生，《唐才子传》中记载了这样一件逸事：说高骈镇守蜀地时，叫薛涛来陪酒，席上行酒令，得举一个字拆解，拆解前后的俩字得音韵相协，且要形象，高骈先行令说："口似没梁斗。"薛涛立即答道："川似三条椽。"高骈说："只可惜川字有一笔是斜（曲）的。"薛涛机警地辩驳说："相公您是西川节度使，尚且用一个破酒斗，何况像我这样的穷酒佐所用的橡子中有一个是斜的，又何足为怪！"

还有一次，有个黎州刺史在席上行《千字文》令，令中须带鱼禽鸟兽，刺史先行令说："有虞（与鱼同音）陶唐。"她道："佐时阿衡。"刺史道："语中并无鱼鸟等字，须罚。"她笑道："衡字内有小鱼字，使君的'有虞陶唐'，一鱼也没有。"

这些酒宴上的对答也和李季兰取笑刘长卿"山气（疝气）日夕佳"的情景相似，但两者的性格差别也可从中看出，同样是善于说笑，李季兰未免流于谑浪，薛涛却即便是在开玩笑时仍不失分寸，尽管在风月场里历练了几年，她的底色仍是庄重的。

男人的宴会上，总需要有女人来点缀，而像薛涛这样活色生香、机警伶俐的女人堪称是酒宴上的最佳点缀，比花花解语，比玉玉生香，很快就成了蜀地有名的乐妓。

贞元元年，韦皋出任剑南西川节度使，他是个文武双全的将领，在蜀地二十一年间，和南诏，拒吐蕃，立下了丰功伟绩，同时也是个怜香惜玉的多情种子，和一位叫玉箫的丫鬟曾有过一段生死情缘。

韦皋一入蜀，就听说此地有一位叫薛涛的女子，年龄还不到二十岁，才情美貌早已冠于一时。不久后，府中举行酒宴，他几乎是迫不及待地宣薛涛来侍酒，当时名流咸集，才士如云，韦皋有意想试试薛涛的诗才，便让她当众赋诗一首，题目不限。

薛涛略为思索，即席挥笔写下了一首名为《谒巫山庙》的七律：

> 乱猿啼处访高唐，路入烟霞草木香。
> 山色未能忘宋玉，水声犹是哭襄王。
> 朝朝夜夜阳台下，为雨为云楚国亡。
> 惆怅庙前多少柳，春来空斗画眉长。

传说中巫山庙在神女峰，那是巫山神女的住处，旦为朝云，暮为行雨，楚襄王听了宋玉讲到这位神女的事迹，也想求一夕之欢，却被神女拒绝了。"朝朝夜夜阳台下，为雨为云楚国亡"，薛涛此诗中隐含兴亡之意，超出了男欢女爱的范畴，浑然不似出自一个妙龄少女之手。

此诗一出，举座皆服，韦皋更是深为赞叹，如果说他对小丫鬟玉箫只是怜惜，对面前的这个女郎则多了一份欣赏。他是真的赏识她的才华，从此后不仅频频召她侍宴，更将她召入幕府中，帮他处理一些案牍公文。

这样的举动，放在宋元明清未免觉得太过稀奇，只能发生在风气开放的唐朝。毕竟泱泱大唐，曾经诞生过女皇帝武则天和有巾帼宰相之称的上官婉儿，唐朝的女子，不仅能写诗作文，还能参与政治事务，可以说是相当自由了。

薛涛也没有辜负韦皋的信任，她本就聪慧，很快就将公文处理得井井有条，时不时还能提出一些别出心裁的建议，可见她和鱼玄机等人是不同的，她既是个才思敏捷的诗人，也具有处理实际事务的才干。

韦皋越发倚重她，除了放手将很多事情交给她办之外，还突发奇想，向朝廷上了一道奏章，请求任命薛涛为校书郎（亦有说是武元衡奏请的），校书郎虽只有从九品，却是个清贵的官职，通常只有进士出身的人才有资格担任此职，而女子出任校书郎的更是绝无仅有。

朝廷虽驳回了韦皋的奏请，但"女校书"一名由此不胫而走，王建曾有诗《寄蜀中薛涛校书》："万里桥边女校书，枇杷花里闭门居。扫眉才子知多少，管领春风总不如。"已直呼薛涛为女校书，从古至今那么多有才华的女子，都不如她这样独领风骚。值得一提的是，从此后"女校书"也成了妓女的另一种风雅说法。

薛涛那时毕竟还太年轻，骤然得到如此恩宠，未免就有些恃宠而骄了，这下就把韦皋给得罪了。至于得罪的原因，有说是她收受了很多官员的贿赂，尽管收了后全部上交，还是让韦皋很不满，还有种说法是她"性亦狂逸"，有可能是在宴会上太过放肆，和其他文士举止过于亲密，自然让韦皋大为恼怒。我觉得后者的可能性更大，对于一个男人来说，显然是后面这个理由更能触怒他。

不管原因如何，得罪了恩主的后果是很严重的。韦皋一气之下，将薛涛发配到了松州。松州位于如今的四川松潘县，地处偏远，天气苦寒，在天府之国待惯了的薛涛被这边地的寒风一吹，马上陷入了深深的懊悔之中，悔恨不该如此轻狂。

在赶赴松州的途中，她写下了十首著名的离别诗，总称"十离诗"，每首诗都有一个"离"字，如"犬离主""笔离手""竹离亭""燕离巢""鱼离池""鹦鹉离笼"等，在诗里，她把自己比成犬、燕、鱼、鹦鹉等，而将韦皋比喻成所依靠的主、巢、池、笼等，读这一组诗真是令人心酸，因为实在写得太过卑微了。但这种低姿态还是有用的，韦皋看了这组诗后，马上勾起了旧情，便将她召回了成都。

　　经历了这次波折后，薛涛算是清醒地认识到了男人的恩宠都是靠不住的，她不愿意再像以前那样依附韦皋，于是痛下决心，在风头正劲的时候就脱离了乐籍，在成都浣花溪畔住下，院子里种满了菖蒲花。这时她只有二十岁，却已经甘于抛开世俗的繁华，过着一种半隐居的生活。

　　住在浣花溪畔的薛涛，喜欢穿一身红衣，悠闲地行走在溪边，她还将这样的场景写进了诗里：

　　　　前溪独立后溪行，鹭识朱衣自不惊。
　　　　借问人间愁寂意，伯牙弦绝已无声。

　　好一句"鹭识朱衣自不惊"，设想一下，一位红衣女子走在碧清的溪水之畔，连溪中的白鹭都熟悉了她，所以见了她也不会惊飞而起，这一幕实在写得太美了，白鹭朱衣碧水，搭配起来就是一幅上乘的工笔画，而她，正是画面的中心。

　　薛涛最擅长写绝句，绝句只有短短四句，还写不满一张诗笺，她便别出心裁，将纸笺裁得长短适宜，再用浣花溪的水、木芙蓉的皮、芙蓉花的汁相和将诗笺染成深红色，制成别致的"薛涛笺"，如此看来，她和贾宝玉一样，都是爱红成痴。

这样一个女子，应该是不缺人爱慕的。有人考证过，与薛涛酬赠唱和者有韦皋、高崇文、武元衡、王播、段文昌、李德裕等节度使，名人雅士有白居易、牛僧孺、令狐楚、裴度、张籍、王建、杜牧、刘禹锡等。但他们对她，更多的是知遇之恩或者惺惺相惜。

真正和她擦出火花的是元稹，写过"曾经沧海难为水，除却巫山不是云"的那个才子。元稹是在元和四年以监察御史的身份出使到四川的，在此之前，他已经久慕薛涛的大名，一到此地就迫不及待地请人引荐。此时他三十一岁，正是一个男人最好的年龄，而薛涛比他年长了十一岁，年龄悬殊的两个人，却不约而同地对彼此一见钟情。

用钱锺书的话来说，中年人的恋爱，就像老房子着了火，特别是对于一个中年女子来说，着起火来根本就没什么可以扑灭的。已过四十的薛涛，可能已经意识到这将是她人生中最后一次爱情，素来理性的她这次一反常态，将压抑已久的热情都投入了这场爱恋之中。

她有一首名为《池上双鸟》的诗，很有可能就是写于和元稹热恋的时候：

> 双栖绿池上，朝暮共飞还。
> 更忆将雏日，同心莲叶间。

池上的双鸟，应该就是鸳鸯吧，她多么渴望着能像鸳鸯一样，和心爱的人双宿双栖，朝夕相对。

可这样的心愿终究还是落了空，元稹这个人尽管多情，却算不得深情，所以并没有回馈给她同样的热烈。她把整颗心都交给了他，而在他的心中，她可能只占了很小的一部分，而且是并不那么紧要的一部分。

这场爱恋只持续了短短三个月，三个月后，元稹调任洛阳，分别的时候，两人还是情意绵绵的。尤其是薛涛，思念远方的爱人时，她写下了一组感人之极的《春望词》：

> 花开不同赏，花落不同悲。
> 欲问相思处，花开花落时。
> 揽草结同心，将以遗知音。
> 春愁正断绝，春鸟复哀吟。

风花日将老，佳期犹渺渺。

不结同心人，空结同心草。

那堪花满枝，翻作两相思。

玉箸垂朝镜，春风知不知。

只可惜故人心易变，元稹本就轻薄浮浪，很快就移情于另一位著名的女诗人刘采春。许多年以后，他考中翰林之后，突然又想起了曾经爱过的人，于是给薛涛寄来了一首诗："锦江滑腻峨眉秀，幻出文君与薛涛。言语巧偷鹦鹉舌，文章分得凤凰毛。纷纷辞客多停笔，个个公卿欲梦刀。别后相思隔烟水，菖蒲花发五云高。"这首诗可以看成是爱情燃烧之后的灰烬，证明他们曾经相爱过。

而薛涛呢，这一次算是彻底地清醒了，她知道以自己的身份和年龄，将再也不可能拥有爱情。意识到这点之后，她脱下红裳换上道袍，从浣花溪搬到了望江楼，从绚烂走向了素净。网上有一句话说，生命中所有的灿烂，最后都要用寂寞来偿还。好在薛涛是一个既能够经得住繁华，也能够耐得住寂寞的人。她在望江楼旁种下了丛丛翠竹，终日徜徉在万竿修竹之间，还写过一首咏竹的诗来自明心志，"晚岁复能赏，苍苍劲节奇"，说的是竹子，更是她自己，不是爱风尘，似被前缘误，历经沧桑之后，仍然不改高洁的本色。

尽管离群索居，薛涛仍然时不时充当地方长官的幕客，在她有生之年，剑南节度使换了十一任，每一任都对她倍加器重。需要注意的是，这些节度使看重的不仅是她的美貌和才情，更是她的见识和智谋，他们常常以对待谋士的礼遇来待她，遇到军事大计等也不忘咨询她的意见。李德裕在任时，她曾献给他一首《筹边楼》："平临云鸟八窗秋，壮压西川四十州。诸将莫贪羌族马，最高层处见边头。"诗中托时感事，如有风云之声，难怪被人评价为"无雌声"。

就在那翠竹环绕的望江楼中，薛涛安然地走向了人生的终点。她去世之后，时任剑南节度使的段文昌亲自为她撰写墓志铭，与死于非命的鱼玄机、李季兰相比，这样的结局堪称圆满了。

谈到薛涛，有人惋惜她"孤鸾一世，无福学鸳鸯"，其实既然没有那种福分学做鸳鸯，做只孤鸾也是不错的，至少能够保持自己的孤傲与独立，不攀附，不将就，在孤独中守住本心。拣尽寒枝不肯栖，未尝不是一种选择，薛涛，只不过是比我们大多数人都多了一点敢于孤独的勇气，以及安于寂寞的智慧。

花蕊夫人：冰肌玉骨，自清凉无汗

　　冰肌玉骨，自清凉无汗。水殿风来暗香满。绣帘开，一点明月窥人，人未寝，欹枕钗横鬓乱。

　　起来携素手，庭户无声，时见疏星渡河汉。试问夜如何？夜已三更，金波淡，玉绳低转。但屈指西风几时来，又不道流年暗中偷换。

　　若论描写美人，我总觉得苏轼的这首《洞仙歌》可以名列前茅，记得第一次读到时就觉得耳目一新，新在不落俗套。关于这类作品，最为大众熟悉的可能就是曹植的《洛神赋》，所谓"秾纤得衷，修短合度。肩若削成，腰如约素。延颈秀项，皓质呈露。芳泽无加，铅华弗御。云髻峨峨，修眉联娟。丹唇外朗，皓齿内鲜。明眸善睐……"可以说对美人进行了一番全方位多角度的细致刻画。

可比较起来，我反而更喜欢苏轼的《洞仙歌》。如果说《洛神赋》刻画美人是工笔细描，那么《洞仙歌》就是泼墨写意，寥寥几笔，就将这位美人的神韵勾勒得淋漓尽致。头一次读时，就不禁深深好奇，是什么样的美人，才当得起"冰肌玉骨，自清凉无汗"这九个字呢？

就是这九个字，让苏轼念念不忘了四十年。初次听到这两句词时，他还只有七岁，遇到一个眉州的老尼，姓朱，已经九十岁了，她还记得随师父去蜀主孟昶的宫中，一天晚上天气太热，蜀主和花蕊夫人摩诃池畔纳凉，作了一首词，朱姓老尼能背下来。四十年后，苏轼只记得前面两句了，于是他补足了全词，成了流传至今的《洞仙歌》。

词中的这位美人，就是著名的花蕊夫人了。她生得很美，因"花不足以拟其色，蕊差堪状其容"而得名。由此可知，她是一位多么娇弱纤细的美人。

花蕊夫人姓费，本是歌妓出身。后蜀的孟昶，是一位类似于唐玄宗那样的风流天子，他广征美女扩充后宫，光宫女就有一千多人。而花蕊夫人在后蜀宫中，就类似于杨玉环在大唐宫中一样，后宫佳丽三千人，三千宠爱在一身，她一入宫，就被封为慧妃，孟昶还为她起了个"花蕊夫人"的美名。

而她，确实也无愧于慧妃这个名号，不仅貌美如花，而且聪慧伶俐，善歌舞，通音律，尤擅烹饪。

孟昶每月初一都会吃素，最喜欢吃的便是薯药，花蕊夫人便将薯药切成薄片，加上莲粉拌匀，再用五味调匀，闻起来清香扑鼻，吃来味酥而脆，又洁白如银，望之如月，还特意取了个别致的名字叫"月一盘"。

孟昶吃腻了宫中的菜肴，她便别出心裁，用红姜来煮羊头，将羊头用石头紧紧压住，再用酒淹渍，使酒味渗入羊骨，再和红姜一起煮，使羊头染上赤色，之后再将羊头肉切得如纸一样薄，摆放在晶莹的玉盘里端上来，号称"绯羊首"，又叫"酒骨槽"，美观得就像一件艺术品。

花蕊夫人究竟长得如何，已经无从考证了。唯一可以确定的是，她不是杨玉环那样的丰满美人，而是生得纤腰盈盈一握，跳起舞来有赵飞燕当年欲要凌风飞去的风采。从唐朝到五代，时代的审美风尚已经从崇尚丰满变成了追求苗条，不管是南唐的大小周后，还是后蜀的花蕊夫人，都是冰肌雪莹，纤足细腰。

南唐后主李煜的大周后曾独创了"高髻纤裳""首翘鬓朵"等妆容，引得宫中嫔妃人人仿效。花蕊夫人同样引领了后蜀宫中的时尚，她喜欢梳高髻，这种发髻高到什么程度呢？据说"鬒鬟峨峨高一尺"，所以被称为"朝天髻"。她又最爱着轻衫，"薄罗衫子透肌肤"，衣服薄得能露出雪一般的肌肤，在身上披着这样的衫子，相当于笼着一层烟雾，更添了一种若隐若现的朦胧美感。

受她的影响，宫中女子一个个梳着高耸入云的发髻，穿着薄如蝉翼的衣裙，两鬓贴着闪亮的花钿，行动处香风细细，坐下时嫣然百媚。

这样一个水晶心肝玻璃肠的女子，如何能不令人喜爱。孟昶爱花蕊夫人爱到了极点，只因为她喜欢芙蓉花，他便将整个成都栽满了木芙蓉，每当秋来芙蓉盛开时，花开似锦，云蒸霞蔚，让人如在画中行走，成都因此得了个"蓉城"的美名。

他又为她在摩诃池边修建水晶宫殿，什么楠木为柱、沉香做栋、珊瑚嵌窗、碧玉为户都不足为奇，最奇特的是宫殿四周墙壁全部用数丈开阔的琉璃镶嵌，再在里面点上烛火，挂上能放异彩的明月珠，即便是在夜晚，也光明洞彻。

夏夜炎热，孟昶便和花蕊夫人每晚在这水晶宫中纳凉，一天夜晚，他热得睡不着，便叫了她一道起来，两人牵着手走到殿外，看天上的星星在银河里流动。一阵微风吹来，带着她身上传来的幽香，他忽然发现，即便是盛夏，她仍然玉骨珊珊，一丝汗也没有。

就在这样的一个仲夏夜，他接过她递上来的笔，在她铺好的纸笺上一挥而就："冰肌玉骨，自清凉无汗……"她在一旁为他磨墨铺纸，忍不住轻轻地读了出来，南风吹来花香，他们含情凝视对方，四目交投之间，空气中似有脉脉的柔情在流动，这一刻，永远地凝固在了他的词下，以及她的心中。

这时的后蜀早已风雨飘摇，作为一国之君，孟昶早已无力回天，索性将国家大事托付给臣子们，独自一人向名花美酒沉醉。

后宫便成了一座巨型的游乐场，每天都有开不完的宴会，看不尽的歌舞，花蕊夫人写有一百首《宫词》，记载的正是宫中的享乐生活：

自教宫娥学打毬，玉鞍初跨柳腰柔。

上棚知是官家认，遍遍长赢第一筹。

这首写的是宫中打马球的情景，史书上称孟昶"好打球走
马"，还曾经亲自教宫女们学打马球，马球赛首重开场得胜的
第一球，又称"第一筹"，宫女们在天子面前不敢尽全力表现，
每次都让蜀主孟昶赢得第一筹。

立春日进内园花，红蕊轻轻嫩浅霞。
跪到玉阶犹带露，一时宣赐与宫娃。

唐宋的人不论男女，都有簪花的习惯，每到立春那天，御
花园就会献上当年新开的春花，捧到玉阶之下时，还带着清晨
的朝露，孟昶便立即下令赐给宫女们簪戴，花面交相辉映的场
景，一定美不胜收吧。

月头支给买花钱，满殿宫人近数千。
遇著唱名多不语，含羞走过御床前。

后蜀宫中佳丽如云，孟昶闲暇时最爱带上花蕊夫人，将后

宫美女召至御前，一番挑选品评，按照姿容的等级加封位号，其品秩参照于公卿士大夫，在妃嫔之外另设十二级。每个月都按照品级给予一定的俸物，以供衣物香粉之用。宫女们平常都难得一睹龙颜，只有在每月初支领月钱时，才有一次面圣的机会，每唤一位宫女的名字，她就含羞从御床前经过，常常连头都不敢抬。

而花蕊夫人则不必如此娇羞惊惶，因为她可以常伴君侧，圣眷正隆。宫词这种体裁，常常是为失宠的妃嫔们代言，容易写得幽怨，比如王昌龄就写过"玉颜不及寒鸦色，犹带昭阳日影来"，白居易也写过"红颜未老恩先断，斜倚薰笼坐到明"，可花蕊夫人写的一百首《宫词》却只见欢愉，毫无怨气，除上面列举的三首外，还有"龙池九曲远相通""梨园子弟簇池头""内人追逐采莲时""厨船进食簇时新"等，都写得清婉可喜。

在历代写宫词的妃嫔中，她可能是唯一一个深得圣宠的妃子了，所以这一百首《宫词》完全可以看作是宫中行乐词，记下了她和蜀主的恩爱美满。当她写下这些诗句时，还没有想到，这已经是末日狂欢，当她和孟昶天天在水晶宫里醉舞狂歌时，赵宋的大军已经一点点在接近。

　　说起来，孟昶一开始也算是少年英主，十五岁即位时，就果断地杀了恃功骄横的大将李仁罕，满朝为之慑服。又攻取秦、凤、阶、成四州，统一了蜀地。他在位三十二年，后蜀经济繁荣，人民安居乐业。

　　起初，孟昶可能还抱着一丝希望，希望能和赵宋和平共处，但卧榻之旁，岂容他人酣睡。广政二十七年（公元 964 年），赵匡胤派大将王全斌去攻打后蜀。

　　宋军兵临城下时，蜀军士气全无，很快就节节败退。其实光论兵力的话，宋军只有七万，且是远道而来，蜀军却有十四万，但毫无战斗力，孟昶不禁对着臣子们叹气说："我和先帝用温衣美食养士四十年，一旦临敌，不能为我向东放一箭，虽然想坚守，谁能为我去守呢？"

　　不得已之下，孟昶只得自缚出城投降。作为亡国之君，有人将后蜀的灭亡归结于他的骄奢淫逸，其实亡国的原因最关键还是在于后蜀太弱小了，在气势如虹的宋军面前不堪一击。作为一国之君，孟昶并不算太坏，否则的话，当他从成都被押往汴梁时，就不会有数万老百姓冒着生命危险、一路痛哭着为他送行。

　　花蕊夫人自然也随同孟昶一道被押解往汴梁，就在途中，她写下了一首流传至今的词："初离蜀道心将碎，离恨绵绵。春日如年，马上时时闻杜鹃。三千宫女皆花貌，妾最婵娟。此去朝天，只恐君王宠爱偏。"

当年在后蜀宫内，孟昶曾亲谱"万里朝天曲"，令她按拍而歌，以为是万里来朝的佳谶。宫女们又爱梳高髻以邀宠幸，也唤作"朝天髻"，谁知道却是万里崎岖，前来朝天，所朝的正是宋朝的天子。从灭国那一瞬间，她就已经预感到了未来的命运，作为一个女人，尤其是一个有着绝世容颜的女人，她只怕逃不脱从一个君王身边流离到另一个君王身边的宿命。

事实果然如她所料。

孟昶降宋后，赵匡胤封他为秦国公，又为他准备了五百间房屋用来起居，可以称得上是优待了。但短短七天之后，孟昶就暴毙了，死因于史无载，民间传说是赵光义派人毒死他的，联想到李煜也是被一杯牵机酒毒死的，此事很有可能。至于赵光义为什么要毒死他，有人解释说是看中了花蕊夫人。

可哥哥赵匡胤比弟弟赵光义更快了一步，孟昶刚一过世，他就将花蕊夫人召入了后宫。花蕊夫人的雪肤玉貌，早已令赵匡胤一见倾心，入宫之后，他还想试试她的才华，便让她赋诗一首。

花蕊夫人稍加思索，当即口占一绝，名为《述国亡诗》：

> 君王城上竖降旗，妾在深宫那得知？
>
> 十四万人齐解甲，更无一个是男儿！

"君王城上竖降旗"，说的是孟昶自缚降宋之事，可见对于孟昶未能顽强反抗就选择投降，作为后宫妃嫔，她实在是有些遗憾的。后面那句"十四万人齐解甲，更无一人是男儿"更是愤激之辞，蜀地十四万军队，居然没有一个血性的男子汉，他们并不是缺乏作战的能力，而是根本就没有抵抗的勇气。可惜她只是一个弱女子，没办法像男儿那样上阵杀敌。

这诗出自一位女子之口，却掷地有金石之声，足以令天下缺乏血性的男人们汗颜。

听到这首诗之后，赵匡胤对花蕊夫人更加刮目相看，他没想到这个秉绝代之姿容的女子居然并不像寻常妇孺那样悲悲切切，而是傲骨铮铮，别有一番英气。这让他对她更多了一份倾慕。

花蕊夫人就此被纳入了赵匡胤的后宫，汴梁虽好，却终究没有故乡成都那样繁花似锦，赵匡胤对她虽然还算宠幸，若论深情厚意，却远远不如蜀主孟昶。

　　对于孟昶，她的感情是复杂的。对于他的投降，她肯定是不满意的，但不管怎么样，那都是深爱过她的男人，他也许不是一个合格的帝王，却绝对是一个百分百优秀的情郎。他给予她的温柔和浪漫，都不是赵匡胤可以比得上的。如果生在寻常百姓家，他们原本可以做一对恩爱夫妻，只可惜错生在帝王之家，落得个家破人亡。

　　尽管她没有在孟昶死后以身殉情，但不代表她对他没有感情，成了赵匡胤的妃子后，她仍然无法停止对孟昶的怀念。有天赵匡胤来到花蕊夫人的寝宫，却见她正对着一张画像焚香祭拜。赵匡胤随口问那画的是谁，花蕊夫人急切之下灵机一动，解释说："这是民间所传的张仙像，长期焚香供拜可以求得子嗣。"赵匡胤信以为真，还提出让她将画像移到静室中用香花宝柜供养。

　　其实这画中人不是张仙，而是蜀主孟昶，花蕊夫人日夜思念着他，因此才照着记忆中的印象，亲手一笔一笔勾勒出他的样子。阴错阳差的是，宫中妃嫔听说了此事，为求子嗣也仿效她挂起了所谓的张仙像，后来甚至被传到了民间，但凡妇人想要求子的，都会在家中挂一张张仙像顶礼祭拜。

如果没有什么意外的话，花蕊夫人可能会像其他红颜一样在后宫中寂寂老去。但是上天对她实在太残忍了，提前让她的人生走向了终点。

关于花蕊夫人之死，据史书上的记载，是有次在宫苑打猎时，赵匡胤举酒劝赵光义，赵光义却说："如果花蕊夫人能为我折枝花来，我就饮酒。"赵匡胤命花蕊夫人折花时，赵光义突然引弓将她射死，随后又怕赵匡胤生气，便抱着他的腿流泪说："陛下方得天下，宜为社稷自重，远离酒色！"赵匡胤虽心中有些不快，却没有责怪他，而是"饮射如故"，看来他对花蕊夫人虽然宠爱，情意却很有限。

赵光义为什么要杀花蕊夫人？理由恐怕并不像他自己所说的那样冠冕堂皇，有人说是因为花蕊夫人介入宋廷权力之争，在立太子的问题上触犯了赵光义的利益，还有人说是因为他垂涎于花蕊夫人的美色，得不到就宁愿毁灭。

我更倾向于后者，以花蕊夫人的聪慧，应该不会蠢到要介入权力斗争，而赵光义本就是个好色之徒，若是贪图花蕊夫人的美貌一点都不奇怪。后来南唐后宫中有一个相貌酷似于花蕊夫人的妃子，他也纳入了后宫，称她为小花蕊夫人，极有可能就是出于补偿心理。

如此看来，花蕊夫人一生都被美貌所累。过分美丽的女子，常常被人们看成是红颜祸水，从褒姒、妲己开始，人们总爱将一个国家灭亡的责任推到一个女子身上，但其实，祸国的往往是男人，罪名却让女人背负了。拿花蕊夫人来说，她这样的红颜不是祸水，而是薄命，匹夫无罪，怀璧其罪，上天赋予她的美貌反而招致了她的灾难，让她最终死于非命。

幸好她还留下了一首《述国亡诗》："君王城上竖降旗，妾在深宫那得知？"可以看作是对"红颜祸水论"的愤慨控诉，她向这些毫无骨气的亡国奴发出了一个愤怒的责问，替她自己，也替千千万万无辜背负祸国罪名的美丽女子。美丽不是过错，怪只怪，她生错了时代，只能在命运的碾压下碎成一地琉璃渣，只剩下那个"冰肌玉骨，自清凉无汗"的美妙传说还在世间流传。

李清照：知否，知否，应是绿肥红瘦

　　九百多年前的一天，正是宋徽宗建中年间，一位太学生在白天午睡，做了一个美丽至极的梦，梦中他读到一本书，醒来后只记得三句了。百思不得其解的他将那三句话抄下，拿去给父亲看。那三句话分别是：言与司合，安上已脱，芝芙草拔。

　　他父亲看了后，略微思索了下，就开心地大笑说："我的孩儿将要娶一名能文词妇了。"并耐心地向儿子解释：言与司合，是"词"字；安上已脱，是"女"字；芝芙草拔，是"之夫"二字。四个字连起来，不正是"词女之夫"吗?

这是元代伊士珍所著《琅嬛记》中所记载的一则故事，并美其名曰"芝芙梦"。与其说这是一场离奇的白日梦，倒不如说是场精心营造的相思梦。造梦的主角，自然是这位太学生了，他为了迎娶心中的那位词女，编织出了一场"芝芙梦"。当父亲自以为机智地揭露出谜底时，却正中了儿子的下怀——他正是要父亲说破他的心事，才好光明正大地向梦里佳人提亲。

梦可能是假的，他对这位"词女"的钟情却没有掺半分假。

放眼整个汴京，能够无愧于"词女"这个称号的，自然非李清照莫属。显然，他为之魂牵梦萦的词女就是李清照，而这个太学生，自然就是赵明诚了。

早在待字闺中时，李清照就已经名动汴京了，一首《如梦令》，令"绿肥红瘦"四个字响彻了整个词坛。他对清照的好感，很有可能早已萌芽。她的影子，潜伏在她的词句中，一天比一天鲜活。他仿佛看见她和一群少女划着莲舟，"争渡，争渡，惊起一滩鸥鹭"，是如此活泼明媚；又仿佛看见她对着远山暮云，"倚楼无语理瑶琴"，是那样闲愁万种；她时而豪气干云，纵论时事，敢于直斥"著碑铭德真陋哉，乃令神鬼磨山崖"；时而又伤春惜花，叹惜雨后海棠"应是绿肥红瘦"……

也就是说，他是先被她的才华折服，才爱上了她的人，这让他们的婚姻从最初就呈现出不一样的形态：李清照不用像朱淑真那样悲叹"始知伶俐不如痴"，因为她嫁的那个人正是因为她的伶俐，才对她青眼有加的。这份伶俐和才气，不仅没有阻碍她婚后的美满如意，反而给她的婚姻生活增添了无尽的情趣。

李清照出身于书香世家，自小受父亲李格非影响，又常与晁补之、张耒等当世名流交往，因此深受魏晋风度的浸染。她崇拜的偶像，是陶渊明那样的隐士和项羽那样的英雄，她自号"易安居士"，就是出于对陶渊明不慕荣利、平淡自适的倾慕。她有着寻常女子难以理解的志趣，并乐于投入一生去追求。金石和诗酒，是她一辈子都没有放弃的东西。在婚姻中，她不是丈夫明诚的附属品，而是他的知音、良伴兼助手。

李清照的美，美在活色生香，读她的词，仿佛仍能够见到她流转的眼波，听到她的盈盈笑语。她是在备受宠爱的环境中长大的，较好地保持了自己的天性。幼时父母对她疼爱有加，嫁给赵明诚后，夫君恰好又是她的仰慕者，满心爱慕她的才华，懂得欣赏她的独特。他对她，是充分包容甚至有些纵容的。她活泼的个性，一旦有了爱人的纵容，便越发飞扬恣肆起来。

她的性子，用现代学者蒋勋的话来说，是有点"野"的。这个野，并不是粗野，而是指不那么循规蹈矩。不同于那些一本正经的端庄淑女，清照是有几分俏皮的，她喜欢在夫君面前撒娇，也喜欢和夫君开些无伤大雅的玩笑，下面这首《丑奴儿》就表现了她风情的一面：

> 晚来一阵风兼雨，洗尽炎光。理罢笙簧，却对菱花淡淡妆。
>
> 绛绡缕薄冰肌莹，雪腻酥香。笑语檀郎："今夜纱厨枕簟凉。"

夫妻之间调情取笑，在现代人看来再正常不过了。可在相对保守的宋代人眼里，一个女子作出这样的艳词称得上离经叛道。和她同时代的王灼就如此说她："作长短句能曲折尽人意，轻巧尖新，姿态百出，闾巷荒淫之语，肆意落笔，自古缙绅之家能文妇女，未见如此无顾藉也。"

他说得显然有些言重了，可有一点他说得对，清照的独特之处，就在于行文从来都无所顾忌。她无所顾忌地抒发着自己的感情，无所顾忌地记录着夫妇之间的闺房情趣，这样的肆意真率，正是她的本色所在。可与同时代的"淑女"们相比，她未免显得太过大胆也太过前卫了。

好在随着时间的流逝，人们越来越懂得欣赏她的前卫和大胆了。近代词学名家龙榆生就用"风流蕴藉"来形容她，这个"风流"，是"风韵风情"的意思，和个人作风无关。

在文学才华方面，清照明显胜夫君一筹，这里还有个著名的事例可以佐证。据说有一年重阳节，她和赵明诚两地分居，相思难耐，便写下了一首《醉花阴》：

薄雾浓云愁永昼，瑞脑销金兽。佳节又重阳，玉枕纱厨，半夜凉初透。

东篱把酒黄昏后，有暗香盈袖。莫道不销魂，帘卷西风，人比黄花瘦。

清照写下这首词后，便托人用一纸花笺寄给了赵明诚。明诚得信后，叹赏之余，不禁起了逞才好胜之心，一心想写出压倒此作的词作来。于是他闭门谢客，一连花了三天三夜，废寝忘食地填了五十首词。填好后，他将这些词和清照寄来的词作夹杂在一起，给朋友陆德夫鉴赏。陆德夫玩味再三后，评价说：

"只有三句绝佳。"明诚忙问："是哪三句？"陆德夫毫不犹豫地回答说："莫道不销魂，帘卷西风，人比黄花瘦。"此三句正是清照所作。

这个传说的有趣之处就在于，在那个"夫唱妇随"的年代，清照居然凭借其超人的才华，令夫君"妇唱夫随"，结果还不得不甘拜下风。

李清照这个人是很好强的，写诗要押很险的韵，喝酒要喝很烈的扶头酒，打马（一种赌戏）要争第一名，和赵明诚在青州老家隐居时，她最爱做的事就是在饭后烹茶赌书，夫妻俩常指着成堆的书籍，看谁能够说出某一件事在某一本书的第几卷、第几页、第几行，说中的就奖一杯茶。清照记忆力超人，是以常常在这场比拼记忆力的角斗中轻松胜出，每当这时，她就得意地举起手中的茶杯大笑，由于笑得难以自抑，结果将茶杯打翻了，茶没喝到，反而泼了一身的茶水。尽管如此，她心中的得意一定没有减少半分吧。

正是在青州期间，他们的文物搜集事业达到了顶峰。《金石录》这部堪称伟大的金石学著作基本是在青州完成的，此书共三十卷，记载了赵明诚所藏金石拓本两千多种，比前辈欧阳修所著的《集古录》规模更大，也更具史学价值。《金石录》

的撰写，隐隐也可见清照的功劳。史载她曾经"笔削其间"，也就是曾为夫君的著作润色。有了她的生花妙笔，这部文物著作自然会增色不少。

得妻如此，夫复何求。可以想见，因受父亲牵累闲居家中的明诚，对于这样的知己良伴，该是多么饱含感激。清照三十一岁那年，也是他们退居青州的第七年，明诚在她的一幅画像上题词说："清丽其词，端庄其品，归去来兮，真堪偕隐。"

这是清照唯一传世的一张画像，画中人形容消瘦，风度娴雅，手持一枝菊花，状似沉思。有学者曾以画中人所着不像是宋朝人的衣装质疑此画为伪作，但画上的题词应该是明诚的心声，一字一句，都是发自内心的赞叹和欣赏。

在明诚致力于《金石录》的撰写时，清照除了协助夫君外，自己也没有停止过创作。赫赫有名的《词论》就大约作于此时。清照是个锋芒毕露的人，最能凸显她锐利锋芒的，不是她平时所填的词，而是出自她手的《词论》。

和其他女子不一样，清照并不甘于仅仅做个"闺阁词人"，在词这个领域中，她希望自己能够与男性词人们一较高下。一篇《词论》，充分展现了她的争强好胜和强烈自信，柳永、苏轼、欧阳修、晏殊、秦观等当世名家乃至前辈词人，都受到了她的指摘。

　　一个人的才气往往和眼光成正比，才高如清照，自然眼高于顶，目下无尘。长达一千多字的《词论》，展露了她在创作上的野心——她并不满足于称雄于闺阁，而是要走出去，和男儿们比肩。

　　正是这份野心成就了她，自古至今，那么多有才华的女子都湮没不闻了，李清照这个名字却历久弥新，很大一部分原因正因为她看重自己的才华，珍视自己的才华。

　　青州十年，是赵李夫妇最和谐、最美满的十年，从那时开始，他们基本就被看成是文人中理想夫妻的范本，只是到了现代以后，倒涌现出了许多不同的看法。有人认为赵明诚曾经纳过妾，其实不论真假与否，这在当时也属司空见惯，并未对他们的夫妻感情产生致命的伤害，整体来说，他们之间彼此契合、志趣相投，光凭这一点，已经胜过人间无数了。

　　如果要给清照的人生划一条分水线的话，这条线大概要划在靖康元年。在此之前，她是养尊处优的贵族女子，触眼所及都是晴空丽日，偶有萧条风雨，也很快就会转晴，在此之后，她一脚踏入了人生的冬天，从此环绕着她的都是愁云惨雾，少有暖雨和风。

她四十三岁这年，金军攻破汴京，徽宗连同其替罪羊钦宗一同被俘，他们和三千多赵氏宗室及大臣被金兵押往金国。堂堂一国之君，在去往金国的泥涂中，被异国的士兵呵斥如牛马，连大小便也不容停下来解决。一路上哭声震天，臭不可闻。金军破城之日，正是靖康元年，史称"靖康之耻"。

清照在《金石录后序》中写道："闻金寇犯京师，四顾茫然，盈箱溢箧，且恋恋，且怅怅，知其必不为己物矣。"她和明诚，本来只想偏居在山东一隅，远离朝堂上的纷争，远离政治上的钩心斗角，与世无争，与人无尤，安安静静地老于是乡。可在战火纷飞的年代里，谁都没办法独善其身，战争的残酷之处，就在于会将每一个无辜的人都卷入其中。她和赵明诚倾尽全力搜集的十余屋文物，最后大半都毁于战乱之中。

她四十六岁那年，四十九岁的赵明诚在建康患上疟疾，一病不起，临终前取笔作绝命诗，"殊无分香卖履之意"，没有对妻子留下任何身后之事的交代，就撒手而去了。明诚的猝然离世，对清照来说无异于五雷轰顶。明诚走后的那年秋天，清照写下了一首题为《偶成》的诗：

> 十五年前花月底，相从曾赋赏花诗。
>
> 今看花月浑相似，安得情怀似往时。

　　明诚已矣，再美的花朝月夕，从今后也只是虚设。再也没人陪她一起把酒花间，相从赋词；再也没人跟她一道踏雪觅句，燃烛赏画；甚至再也没人与她斗才比诗，赌书泼茶。

　　继国破、夫亡之后，清照还卷入了一桩风波，即再嫁与离婚。当时她到临安投靠弟弟李迒，病得奄奄一息，一个叫张汝舟的人便乘虚而入，极尽体贴关怀之能事，并鼓动如簧巧舌，一番天花乱坠的说辞，很快就说动了李迒，并遣来了媒人向清照求婚。

　　病中的清照，有感于张汝舟对自己的一片"真心"，于是做出了一个决定：决定以风烛残年之身，再次走入新的婚姻。

　　这个决定是大胆的，同时也是仓促的。毕竟她已经年近五十，和张汝舟认识也不过短短数十日，缺乏坚实的感情基础和深入的了解，无法确保再婚后是否能获得幸福。

　　清照自幼性喜赌博，作为"赌徒"的她一生中参与过无数次赌局，赌注最大的却是这一次——这一次，她赌上了自己后半生的幸福和名节，如果侥幸赢了的话，她的余生将会有一个还算不错的归宿，如果不幸输了的话，她失去的将是经营了半生的清誉。

这场婚姻仅仅维持了不过百日，婚后不久，她就惊讶地发现，张汝舟不仅毫无才情学识，连人品都卑劣不堪。他之所以娶她，不是冲着她的才貌，而是冲着她手里的文物书画而来的。见清照不肯依从，他先是对她冷嘲热讽，恶语相向，后来逐渐发展到饱以老拳、日日殴打的地步。他的本意，可能是想软的不行，就来硬的，既然花言巧语骗不了清照，就干脆用拳头来威胁她交出财物。

不得不说，他真是狗眼看人低，太过小瞧了清照。

他娶的妻子，可不是逆来顺受、任人鱼肉的贾迎春，而是爱憎分明、敢作敢为的李清照。打落牙齿往肚里吞那份气，清照可受不了，她的性格素来是宁为玉碎，不为瓦全的。当知道张汝舟不可能与她和平离婚时，她想出了一个铤而走险的招数：状告丈夫，坚决离婚！

清照不愧是一代才女，不仅有胆有识，而且有勇有谋。她知道如果仅仅是告丈夫骗婚家暴的话，按照当时的大宋律，极有可能不仅离不了婚，还会平白成了他人的笑话。于是她兵行险招，搜集了张汝舟欺瞒朝廷的证据，告发他"妄增举数入官"。

宋代科举制度规定，士人参加科举考试须达到一定次数、取得一定资格后才能授予相应的官职。急功近利的张汝舟虚报了考试次数，以此达到早早升官的目的，这在当时是被看成欺君之罪的。

可恨的是，宋朝法律还有这样一条规定：妻子如果将丈夫告上法庭，就算丈夫有罪的话，妻子也得被判处坐牢两年。张汝舟被流放之后，按照相关法规，清照也因此锒铛入狱，庆幸的是，朝中不少高官对她伸出了援手，她只被关了九天就放了出来。这之后，她和弟弟一起生活，一直活到七十多岁，最后寂寂而终。

清照的讼夫和闪离，让她成了同时代人的群嘲对象。到了明清以后，则有不少人为她辩诬，称她并未改嫁。在这类人的心目中，他们倾向于将清照塑造成一个纯洁无瑕的圣女，一个守节终生的贞女，一个温柔和顺的淑女。这样的"维护"，看似是对清照形象的美化，实际上是一种矮化和驯化。真实的清照并不如他们想象中那样完美，却有血有肉、敢爱敢恨，从不违背自己的内心，这样的她，才真正当得起千古第一才女的称号。

　　文学一道，末流者拼的是文字技巧，高手们对决的都是胸襟气度。如果没有这份过人的胆识和鲜明的个性，清照的作品也不会像星光般熠熠生辉，自宋时闪耀至今。

　　在恪守传统的古代闺秀中，清照无疑是另类的，这种另类表现在她的大胆与叛逆上。她敢于自我标举，号称"自是花中第一流"；敢于写闺房间的隐事，"笑语檀郎，今夜纱厨枕簟凉"；敢于作《词论》尖锐地批评词坛前辈们；敢于说自己酷爱博弈，甚至到了废寝忘食的地步；敢于讽刺苟安的南宋君臣们"南渡衣冠少王导，北来消息欠刘琨"；敢于在再婚不到一百天时就决然状告亲夫，对簿公堂……

　　在旁人看来，这些行为在当时无异于冒天下之大不韪，可在清照眼里，她这样做只不过是率性而为。她自有一种坦率的情操，所作所为从不矫饰，而是听凭天性，这份坚持，成就了她的真性情。

　　一直被奉为"婉约之宗"的她，到了晚年时性情越发硬朗，不仅写过"生当作人杰，死亦为鬼雄"这样铿锵的诗句，还写过一首足以混进苏辛词中的《渔家傲》：

　　　天接云涛连晓雾，星河欲转千帆舞。仿佛梦魂归帝所，闻天语，殷勤问我归何处。

　　我报路长嗟日暮，学诗谩有惊人句。九万里风鹏
正举。风休住，蓬舟吹取三山去。

　　她一直向往着像那展翅高飞的大鹏一样，飞过星河云涛，
飞向海外仙山。可惜那个年代，女性的天空是低微的，她想飞，
现实却拽住她的脚不放，凭借着一股不屈的力量，她终于飞了
起来，尽管是逆着风，她也完成了自己的飞翔。

　　她原本还可以飞得更高。

朱淑真：添得情怀转萧索，始知伶俐不如痴

多年以前，我曾经在豆瓣写过一篇文章，标题叫作《一个女人可能因为才华被爱上吗》，这是个很有争议的话题，男人们估计会辩驳说："我们男人没有那么肤浅好不好？我们早就脱离了低级趣味好不好？"女人们估计也有不服气的，肯定有人能跳出来现身说法："我之所以被爱，就是因为灵魂的美丽！"尽管如此，我当时还是坚持认为，对于绝大多数中国男人来说，女人有点才华固然是锦上添花的事，一旦多得横溢起来了，反而成了障碍。

　　现在我的观点稍微有些修正了，觉得这事还是因人而异，不能一棒子打死。才华这种事，落在识货的人眼里，会比钻石还要珍贵，倘若落在不懂欣赏的人眼里，那就一文不值。

　　才女若不幸嫁了俗人，不但自己伤心，连旁人都会为她愤慨。台湾作家柏杨就曾在文中愤愤不平地写道："巧妇嫁了拙夫，真是人间最大的不公平，人人见了都要跺脚，盖深惜之也。《断肠诗词》的作者朱淑贞女士，以一代才女，竟嫁了一个不识之乎的庄稼汉，死后她的丈夫把她的诗稿词草，一把火烧掉，其愚如猪，虽把他碎尸万段，不能消心头之恨。跟那种男人同床共枕，简直是奇耻大辱——我在这里声明，不是说'庄稼汉'便很低级，柏杨先生尚不致如此浑蛋，去轻蔑任何一个正当行业，此地所指的庄稼汉，指的是那种僵化了的顽固品质，便是受过高等教育的人，有些照样也是一堆牛粪也。"

　　文中提到的这位"朱淑贞女士"，实际上应该写成朱淑真，在宋朝时才名和李清照可堪一比，可惜才高命薄，所嫁的是个庸人，最后落得抱恨而终，所写的诗词被冠名为《断肠集》。薄命如斯，令数百年后的柏杨先生也不禁为之抱屈。她的人生，是否真如文中描述的那样凄惨？她所嫁的男人又是否真像柏杨说的那么不堪？这些都需要从头说起。

才女的人生起点通常都很高，朱淑真也不例外。她是南宋中期的人，出生在钱塘的一户富贵人家，父亲曾在浙西做官，品位不俗，以收藏清玩为乐，遇到可意的不惜重金购买。家中有东园、西楼、水阁、桂堂、依绿亭诸处胜景，可供她随意游玩，未出嫁时的朱淑真，过着"绿槐高柳浓阴合，深院人眠白昼闲"的悠闲日子，又有侍女随身服侍，琴棋诗酒、风花雪月就构成了她全部的日常生活，那时她写的诗词清新可喜，如"笑折一枝插云鬟，问人潇洒似谁么"，诗中人俨然是一个明慧潇洒的少女，哪里有半点断肠人的怨气。

在家庭的陶冶下，朱淑真还在闺中时就通音律、擅诗词、工书画，而且她并不是那种只有灵魂美丽的女子，而是秀外慧中，外表和才情一样出众，由此博得了"才色冠于一时"的美誉。

才华和美貌，只要占有了一样的女子就容易心高气傲，更何况像朱淑真这样两样都占了个齐全的呢。那时的她，是有些眼高于顶的，对于爱情和婚姻都有着非同寻常的期许，她曾写过"待将满抱中秋月，分付萧郎万首诗"之句，可见她理想中的爱人是那种才学出众、能够和她诗词唱和的人，在她的心中，只有这样的才子才能够和自己相匹配。

还是个怀春少女时，朱淑真很可能有过一段朦朦胧胧的初恋。有位叫黄嫣梨的香港学者，最是倾慕朱淑真，花了很大的力气去研究她的生平，据黄嫣梨考证，朱淑真婚前就有过恋情，她所恋慕的人是位出身贫寒的年轻书生，因故寓居在她家的东轩，准备去参加科举考试。

近水楼台先得月，这位书生和她年龄相仿，才貌相当，又经常有相处的机会，对天生渴望爱情的朱淑真有着难以抵挡的吸引力。他们之间的恋情，可以参照《西厢记》的故事，情投意合的他们，就像张生和崔莺莺那样共度过许多旖旎时光。一个元宵之夜，满城的花灯将整个杭州城照得通明，人群中的她却无心看灯，一心只惦记着和心上人的约定，等月亮悄悄爬上柳树枝头时，她抬头一看，终于看见那人就在灯前月下，正望着她微笑。月上柳梢头，人约黄昏后，人世间最美好的场景莫过于此，这一幕令她太过难忘，以至于许多年以后还频频想起。

她也曾学莺莺一样，亲自送意中人赴考，勉励他早日高中，但他很可能并没有考取功名。他们之间，原本就在家世、地位等方面很不对等，加之书生科场失意，朱淑真的父母自然不会乐意将女儿许配给他，于是分手在所难免。在那个时代，儿女的婚事全凭父母做主，当事人反而只能任人摆布，她兴许也赌气过、抗议过，可完全没有一点效果。

　　一对有情人，就此分西东，这叫她如何能够甘心，这份深深的不甘，被她直白地写进了一首叫作《湖上小集》的诗里：

　　　　门前春水碧于天，座上诗人逸似仙。
　　　　白璧一双无玷缺，吹箫归去又无缘。

　　在诗里，她深深地怀念着那位昔日的恋人，他风采出众，清逸似仙，如此才子，本和她是一对璧人，从任何角度来说都可以算是完美无缺的佳偶，只可惜他们却不能像吹箫的弄玉和萧史那样终成眷属。

　　这首诗虽然没有明写怨恨，却已经透露出了一丝淡淡的怨意。从她结婚开始，这丝怨意渐渐扩散开来，一发而不可收拾，终至酿成了断肠之恨。

　　朱淑真究竟嫁了个什么人，一直也是个谜。有说他是个市井草民的，用柏杨先生的话来说，就是个庄稼汉，也有说他是个风尘俗吏的，一直过着游宦生涯。我觉得后者比较可信，毕竟以朱淑真的出身，父母不太可能将她随随便便嫁给一个粗鲁的市井小民，按照门当户对的定律，她所嫁的人应该也是个做官的，而且从她婚后的诗词来看，她的生活仍然相当优渥，来往的也都是些官宦夫人。

但有一点大家都达成了共识，那就是她所嫁的这个人是个彻头彻尾的俗人，热衷的是营营役役苦心钻营，却对吟诗作词风花雪月全无半点兴趣。在仰慕朱淑真的男粉丝心目中，此人可以用蒲松龄的一句话来形容——从头至脚皆俗骨也。

他真有这么俗气吗？其实我是有点怀疑的。宋时的官吏，就算不是风雅之士，至少也是粗通翰墨的。极有可能他只是过分务实和入世，可这看在沉迷诗词书画的朱淑真眼里，就成了俗不可耐。对于一个醉心于文艺的女青年来说，没有什么比不喜欢文艺更过庸俗了，别的尚可忍耐，庸俗却是最不堪忍受的。

朱淑真的丈夫常年在外游宦，她有时伴随在左右，有时独守在家中。相传丈夫在外做官时，留守在家中的她曾寄给他一封信，信上没有字，尽是些圈圈，丈夫不解何意，直到从信的夹缝中找到一首《圈圈词》才恍然大悟，词是这样写的：

相思欲寄无从寄，画个圈儿替。话在圈儿外，心在圈儿里。单圈儿是我，双圈儿是你。你心中有我，我心中有你。月缺了会圆，月圆了会缺。我密密加圈，

　　侬须密密知我意。更有那数不尽的相思，把一路圈儿

圈到底。

　　丈夫看到之后，恍然大悟，立即启程回了海宁老家。

　　对于这段逸事，我一直持怀疑态度，如若她的丈夫真如此知
情解意的话，她也不会那样满腹怨气了，即便是她真有这样的举
动，多半也是俏媚眼做给了瞎子看，得不到期盼的回应。而从她
的诗中看来，此人没有半点风花雪月的情怀，更不用提和她诗
词唱和了。嫁了这么个人，就好比《红楼梦》中的林妹妹不幸
嫁了焦大。她频频感叹说"共谁裁剪入新诗"，又抱怨"纵有风
流无处说"。是啊，嫁了这样一个不懂欣赏的人，便纵有千种
风情，又与何人诉说？谁陪她吟风赏月，谁与她花前月下，谁
又能解她诗中深意？

　　更不堪的是，丈夫在外做官时竟另结新欢，经常留下她一
个人独守空房，令他们本就糟糕的婚姻更加雪上加霜。"独行
独坐，独唱独酬还独卧。"当婚姻只剩下一个空壳之后，伴随
她的就只有无尽的孤独，断肠这个词语开始频繁地出现在她的
诗词中，一同出现的还有写不完的愁、流不尽的泪。

　　才华太高的女子，往往难以找到与之匹敌的佳偶。早于她

的谢道韫、晚于她的贺双卿，所嫁的俱是庸人，每个人的处理
方式也不一样。朱淑真既没有谢道韫那种随遇而安的心态，也
不愿意像贺双卿那样一味哑忍，迫于礼教和父母的压力又离不
了婚，于是就走上了第三条道路——在婚姻外寻找爱情。

做出这样的选择，和她的性格有关。爱情在每个女人心中所
占的分量是不一样的，对于有些女人来说，爱情就像锦上的花，
有了更好，没有也不是太要紧，而对于另一些女人来说，爱情就
像阳光和空气一样，须臾不可缺少。朱淑真就是如此，爱是她的
灵魂，待在无爱的婚姻里，她仿佛是一条离开了水的鱼，必须拼
尽全力寻找另一片水域，否则就会因缺少爱的滋润而干涸致死。

朱淑真另有所爱是公认的事，正因如此，她也被某些封建
卫道士刻下了"不贞"的红字。在今天看来，所谓不贞，其实
也可以看作是对无爱的婚姻的一种反抗，虽然这反抗不免有些
消极，但在那个年代，几乎还没有离婚这个词，也就很难找到
别的恰当的反抗途径。还是黄嫣梨说得好："男女爱慕，情意
真诚，是人间的至情，决不应有贞与不贞的迂见。"

很多人从蛛丝马迹中推断出，她在婚后很可能与那位昔日
情人重拾旧欢，而且这段感情维持了相当长的时间。人总要经
过世事沧桑之后，才会明白什么样的人、什么样的感情才是自

己真正想要的。重新走在一起后，他们之间的感情远远比初恋时更加热烈、更加缠绵，也更加难分难舍。

她和他，就如初相识那样，避开人群偷偷幽会，只是这次更需要提防被人发现。正因为那样私密，在一起的时光才越发显得那样快乐，快乐得惊心动魄。他们在元宵夜的火树银花中相会，在昏黄的月色下，他们相依相偎，她恨不得时间能就此停住，"但愿暂成人缱绻，不妨常任月朦胧。赏灯那得工夫醉，未必明年此会同"，她多么想让这良辰美景永驻，却也知道世事无常，身边的这个人，明年就未必在自己身旁呢，不如先珍惜当下两情相悦的感觉吧。

她有时甚至快乐得忘记了掩人耳目，一个夏天的傍晚，她和情人好不容易逮到一个机会，来到了湖边幽会，也许是太久没有见到他了，她一见到他，竟然抛下娇羞，纵身投入了他的怀抱，她最著名的那首《清平乐·夏日游湖》写的正是这一幕：

> 恼烟撩露，留我须臾住。携手藕花湖上路，一霎
> 黄梅细雨。
> 娇痴不怕人猜，随群暂遣愁怀。最是分携时候，
> 归来懒傍妆台。

好一个"娇痴不怕人猜，随群暂遣愁怀"，正如前人所评，真是放诞得妙。与李清照"眼波才动被人猜"的含蓄相比，朱淑真显然要直率得多，也大胆得多。她不仅敢做，而且敢写，钱锺书曾经说秦观的词写的是"公然走私的爱情"，这话也可以套用到她身上。一个女子，身处于礼教森严的时代，敢于追求婚姻外的爱情已经相当需要勇气，敢于写出来则需要更大的勇气，因为一不小心就会成为罪证，泄露她的私情。

以朱淑真的聪明，她不会想不到这点，只是她从心底里就不大在乎，她就像那些深陷到爱中的女子一样，一恋爱就想与全世界分享，以朱淑真的身份，她当然不能够嚷出来，好在她还能写诗填词，在文字的世界里，她可以尽情地叙说着她引以为豪的恋情。

朱淑真素来喜欢饮酒，一旦陷入感情里，也不免今朝有酒今朝醉，她只管啜饮着爱情这杯美酒，至于这酒中是否掺杂着苦涩，她是全然不顾的。或者说，就算她知道这是一杯有毒的酒，也会含笑喝下去。李碧华说过，爱情就是含笑饮砒霜，而对于朱淑真来说，这段见不得光的爱情的确无异于饮鸩止渴，她所能拥有的只不过是片刻幽欢而已。

她却管不了这么多了，有了对比，她越发觉得丈夫是那样难以忍受，两人的关系越来越僵。至于有没有离异则众说纷纭，其实不必纠结于这一点，可以肯定的是，她后来回到了娘家，不管是分居还是被休，婚姻都已经到了事实离异的地步。

关于朱淑真的结局，书上用了"抑郁而终"四个字，可见她并没有如其所愿，与心上人终成眷属。是迫于礼教和舆论的压力，还是他对她的感情日渐冷却了，一切都无从细究了。她可能是投水而死的，有人说是因为恋情败露，死于"不贞"，这未免太过小瞧了她，以朱淑真的敢爱敢恨，一座贞节牌坊压不死她，照我看来，她应该是死于绝望，死于一段注定无望的爱情。爱情是她在这世上的最后一根浮木，失去了爱情，她便再也无力在世间继续漂流下去。

她死之后，父母觉得都是诗书误人，一气之下将她生前的文稿付之一炬。她的诗词因此失去了大半，却还是有数百首凭着口口相传流传了下来。她去世两年之后，一个叫作魏仲恭的人在旅店中听到有人吟诵朱淑真的词，听了后大为欣赏，于是倾力搜集她遗留的作品，刻印成集，并命名为《断肠集》。

朱淑真无疑是才华出众的，她的诗才，令素未谋面的魏仲恭都叹惋不已，怜惜她"颜色如花命如叶"。可看在她父母眼里，正是这份才华害了她。朱淑真自己也有过类似的想法，她写过一首诗叫《自责》，诗中说"添得情怀转萧索，始知伶俐不如痴"，未必没有道理，伶俐的人大多敏感，而敏感的人远远不如那些没心没肺的傻瓜活得快活。

朱淑真常常和李清照相提并论，她们有相似的地方，但本质上并不相同。朱淑真和李清照一样，都有着纤细敏感的心灵，但她缺少李清照那样的韧性和坚毅。同样是世俗社会的叛逆者，朱淑真只是在情爱上叛逆，李清照却敢于在文学的领域与男人们一争长短。

"始知伶俐不如痴"，唯有有过切身体验的人，才会写出如此沉痛的一句诗来。才华就像一柄双刃剑，若不能很好地驾驭它，反而会为其所伤。

在那个女子不需要有才华、婚姻也不需要有爱情的时代，身具绝世才华对于朱淑真来说不仅无益，反而成了负累，同样成为负累的还有她对爱情的执着追求。但是她没有办法，天性如此，她管不住自己的心，管不住与生俱来的善感与多情。

有多少女人，宁愿在无爱的婚姻中萎谢，而她却决然选择了学飞蛾扑火。别笑飞蛾太傻，我想她在投身于火焰之前那一刻，至少也拥有过被光明笼罩的快乐，哪怕下一秒就要粉身碎骨。

唐婉：人成各，今非昨

　　有一年出差路过绍兴，正好有半天的时间，一时动了游兴，便直接奔向了心仪已久的沈园。沈园坐落在一条叫作春波弄的巷子里，正是阳春三月，门口的桃花开得正好，游人却只有寥寥数位，给人一种姹紫嫣红开遍、却这般付与断井颓垣的荒凉感。

　　门额上题着"沈氏园"三个字，字迹遒劲潇洒，后来才知道原来是出自郭沫若的手笔。走进去一看，确实是偌大的一个园子，典型的那种江南园林，曲径通幽、小桥流水，有石碑坊、冷翠亭、六朝井亭、八咏楼、孤鹤轩、双桂堂、闲云亭、半壁亭、放翁桥等，当然都是新修的仿宋建筑，还设置了陆游纪念馆、连理园、情侣园等。

如果不考虑到仿制的因素，沈园里的一花一石、一草一木还是颇能引起人思古的幽情的。毕竟，这放翁桥畔的春波，曾经照映过唐婉的倩影，这题词壁上的粉墙，曾经留下过陆游的墨迹，这园子里的花花草草，都曾经见证过他和她的爱情悲歌。

游沈园，题词壁自然是不得不看的景点。我特意寻了去看，其实就是一堵很普通的墙壁，上面写着那首著名的《钗头凤》："红酥手，黄縢酒，满城春色宫墙柳……"这首词我早就已经读得烂熟于胸了，每一个字都能背下来，但在此情此景下读到，还是深受震动。

好的诗词就是具有这种超越时空打动人心的力量，一阕《钗头凤》，几乎将陆游推到了"南宋第一情圣"的位置上。论感人至深，只有北宋苏轼悼念亡妻的《江城子》可以与之媲美；论传播程度，陆游与唐婉的爱情故事更加深入人心，有情人却成不了眷属，正是这一点引起无数人共鸣。

陆游，在中小学教材里一般被定位成爱国诗人，一般读者

若有诗词藏于心，岁月从不败美人

对他最初的印象往往来源于那首《示儿》："死去元知万事空，但悲不见九州同。王师北定中原日，家祭无忘告乃翁。"诗写得沉郁顿挫，洋溢着浓厚的爱国主义感情，但未免稍微有些太沉重了，所以我对陆游的感觉，一开始和对杜甫一样，觉得这个人可敬而不可亲。

直到读了《钗头凤》后，才发现印象中的爱国英雄原来也有着缠绵悱恻的一面，顿时对陆游的认识更丰富也更立体了，觉得他就像梁羽生笔下的那些侠客，有万斛清才，一身侠气，上战场杀敌时是百炼钢，在爱人面前则成了绕指柔，所谓侠骨柔肠，应该不外如是了。

能够被这样一个男人深爱的女子，一定也非比寻常，而唐婉，从各方面来看都和陆游堪称天作之合。唐婉，又写作唐琬，字蕙仙，父亲是郑州通判唐闳，门第、家世都和陆游甚为相配。陆游的母亲是唐婉的姑姑，所以他们是姑表兄妹，类似于贾宝玉和林黛玉、沈复和陈芸的这种关系。在成婚之前，陆游曾两度在舅父家中读书，他和表妹唐婉，一定也像宝黛那样，有过青梅竹马式的昵昵小儿女之情。

唐婉人如其名，生得灵秀文静、温柔婉约，陆游不知不觉间就对这位小表妹有了好感。那时不像现在，近亲之间不能结婚，表兄妹之间流行的是亲上加亲，陆母也觉得这个侄女不错，于是就定下了这门亲事。据说定亲时，陆游曾送给唐婉一只精美无比的家传凤钗，作为定情信物。

陆游十九岁那年与唐婉成了亲，夫妻之间琴瑟相和，如胶似漆。可正是因为太如胶似漆了，无意中把陆母给得罪了。照说姑姑应该偏爱侄女的，但陆母却对唐婉横竖看不上眼，这究竟是为什么呢？

官方理由是唐婉嫁给陆游三年后，还没有生下一儿半女，陆母不喜欢她，是嫌她不能给陆家传宗接代。还有一个理由是陆母是那种望子成龙的母亲，对儿子期望很高，陆游早慧，十二岁就作诗文，十几岁就以才名著称。娶唐婉后不到二十岁，本正是应该潜心读书博取功名的年龄，却难免沉溺于温柔乡之中。陆母为此极为不满，觉得是唐婉耽误了儿子的前程。

其实还有个理由不好摆在明面上来说，那就是自古以来做婆婆的，潜意识中大多将媳妇看成是隐形的情敌，见不得儿子和媳妇太过恩爱，因为这样会让她们觉得儿子被别人抢走了。

因婆婆从中生事而导致夫妻分离的，陆游和唐婉并不是个例，类似的故事，早在长篇古诗《孔雀东南飞》就已经出现了。《孔雀东南飞》说的就是汉末庐江府小吏焦仲卿与妻子刘兰芝夫妻恩爱，却因为焦母讨厌儿媳，逼得儿子休了兰芝。兰芝家里逼她改嫁，她宁死不从，只得投水自杀，焦仲卿感念于兰芝的痴情，也在树上吊死追随兰芝而去了。

陆母的强势，令人想起《孔雀东南飞》中同样跋扈的焦母，只要儿子稍有违逆，便捶床大怒，破口大骂，令儿子不得不从。

陆游的退让，也和焦仲卿类似。按照现在的说法，这样的男人都是"妈宝男"，他们太过在乎母亲的想法，也缺乏处理家庭关系的技巧，以至于无法在母亲和妻子之间起到调和与润滑的作用，只能任由她们的关系越来越恶化。陆游这样的男人，豪迈杰出，才华横溢，称得上是天纵英才，但在处理家务事上，却和小吏焦仲卿一样毫无办法。可怜一代豪杰，竟然绊倒在婆媳问题上了。他一定也争取过，最后却不得不听从母亲的话，违心地休了唐婉。

唐婉的温柔隐忍，则远远地超过了刘兰芝。兰芝的性格是很果断刚烈的，察觉到婆婆不喜欢自己后，她就直接对焦仲卿说："君家妇难为（你们家的媳妇难做）。"然后主动求去。而唐婉呢，面对陆母的挑剔和排斥，从头到尾都在忍让，她身上并没有兰芝那种抗争的精神。

一纸休书，将唐婉赶出了陆家，但这么多年的感情岂是说断就能断的？陆游舍不得唐婉，便在他处另筑别室，将唐婉藏于其中。哪怕是从妻子沦为外室，唐婉却依然对陆游一往情深，与名分相比，她更在乎这个男人对自己的情意到底有多深厚。"君当作磐石，妾当作蒲苇，蒲苇纫如丝，磐石无转移。"刘兰芝对焦仲卿许下的誓言，也正是唐婉的心声。

也许那时她还存有一丝幻想，期待着能重新被接回陆家，可是她等啊等，等来的却是陆游续娶王家千金的消息，这时她离开陆家尚不到一年。如果说续弦还能算是母命难违，那么王氏很快怀孕的事，则让她无法再继续欺骗自己。是的，陆游是对她有情，可这份情意终究是有限的，在他心目中，比她重要的人和事太多了，他不愿意伤害母亲，也不愿意伤害续弦的妻子，就只能一次次地伤害她了。

即便如此，唐婉还是没有动过要彻底离开陆游的念头，她对他，真的是一片痴爱，所以才会任由自己的底线一降再降。最后还是陆母听闻了此事后，亲自出手逼她回了娘家。

此时的唐婉，对陆游应该是彻底绝望了。回到娘家后不久，她便在父亲的安排下，重新嫁了人。新的夫婿叫赵士程，是个正宗的皇室宗亲，宋太宗玄孙赵仲湜之子，宋仁宗第十女秦鲁国大长公主的侄孙。赵家在绍兴是名门望族，赵士程本人也品貌出众，他愿意娶一个有过婚史的女人，可能是因为早就风闻过唐婉的美丽和才情。还有种说法，说赵士程和陆游本就是文友，之前曾在陆家见过唐婉，早就对她心仪已久。姑且不论真假，但赵士程的确是主动选择了求娶唐婉，而以他的身份，当时并不是没有其他看上去更好的选择。

两人婚后感情也不错，赵士程以他的宽厚和温柔，渐渐抚平了上段感情给唐婉留下的伤痕。如果没有沈园里的那次相遇，他们毫无疑问将会白头偕老，可惜的是，世事从来都没有如果。

那是南宋绍兴二十一年的暮春，游人们都相约出城去踏青，沈园里春色正好，桃花似火柳如烟。陆游到这里游玩，恰好遇到了一起出游的赵士程与唐婉。我总觉得，世上的事也许并没有这么巧，"恰好"能遇上的人，极有可能是你一心想遇上的，沈园本就是赵唐夫妇经常去游玩的地方，想必陆游也有所耳闻，于是才有了这次看似不经意的邂逅。

这样的相遇本来是有些尴尬的，好在赵士程特别宽厚大方，心中没有丝毫芥蒂，热情地准备了酒菜招待旧友，还让唐婉亲自为陆游敬酒。这样的大度真是少有，可他未曾预料的是，正是他的过于大度埋下了祸根。

在征得赵士程的同意后，唐婉捧着一杯黄滕酒，走到了陆游的面前。此时，沈园中烟柳如织，眼前这个灵秀的女子，早已如宫墙中的绿柳那样遥不可及。数年不见，她比以前消瘦了许多，他想多看看她，却不敢多看，匆匆一瞥之间，只见她眼中似有泪珠盈盈欲坠。那么多想说的话，刚到嘴边又咽了下去，如今，他们已是使君有妇，罗敷有夫，纵然还有满腹的相思，也只能沉默了。他接过那杯酒，一饮而尽，她再望了他一眼，然后疾疾退下，这么多年没见面了，却连一句话也没有说上。

那时候他们还不知道，这已经是他和她今生所见的最后一面。

望着唐婉的背影渐渐消失在柳烟深处，昔日的情景忽然一幕幕涌现在眼前，陆游拿起纸笔，在沈园的粉墙之上写下了那首著名的《钗头凤》：

红酥手，黄滕酒，满城春色宫墙柳。东风恶，欢情薄，一怀愁绪，几年离索。错，错，错！

春如旧，人空瘦，泪痕红浥鲛绡透。桃花落，闲池阁。山盟虽在，锦书难托。莫，莫，莫！

　　有些诗词是苦吟出来的，有些诗词则是从心底一泻而出，陆游虽然不以填词为长，这首《钗头凤》却写得情深意切，仿佛不是写出来的，而是自然而然从心中喷洒出来的。原名《撷芳词》，陆游因无名氏《撷芳词》中有"可怜孤似钗头凤"句，改名为《钗头凤》，也许他是想起了那支送给唐婉的凤钗，所以才取了这个词牌名。除了刻骨的相思外，词中还蕴含着无限的怨意。"东风恶，欢情薄"，这个东风隐隐指向了陆母，正是她的刻薄专横，才导致了他们的欢情变得稀薄。

　　多年后再读此词，我发现词中所怨的不仅仅是陆母，甚至还有唐婉。"山盟虽在，锦书难托"一句是在说，你我相约永远相爱的誓言还在耳畔，可是却再也难以借书信来传达，他是在提醒她违背了当初的誓言吗？

　　再次想起《孔雀东南飞》，焦仲卿在得知刘兰芝即将再嫁县令之子时，跑到她家里说了一大通气话："贺卿得高迁！磐石方且厚，可以卒千年；蒲苇一时纫，便作旦夕间。卿当日胜贵，吾独向黄泉！"他说自己就像磐石一样坚固永久，指责兰芝却像蒲苇一样脆弱易变，正是这些话，将兰芝推向了绝路，为了遵守对焦仲卿许过的诺言，她唯有以死明志。

　　陆游写下这首《钗头凤》时，未必一定是在谴责唐婉的改嫁，而是在怀念往日的旧情，但导致的后果却是一样的，因为对于有些重情重义的女子来说，旧情的杀伤力实在是太大了。

刘兰芝毅然投水自杀了，唐婉也没好到哪里去。那天沈园一晤，她虽然不无难过，却还不至于伤心欲绝。直到第二年春天，她再一次重游沈园，看到了粉墙上的那首词，顿时被勾起满腔情愁，当即和了一首《钗头凤》，就写在陆游词的后面：

世情薄，人情恶，雨送黄昏花易落。晓风干，泪痕残。欲笺心事，独语斜阑。难！难！难！

人成各，今非昨，病魂常似秋千索。角声寒，夜阑珊。怕人寻问，咽泪装欢。瞒！瞒！瞒！

尽管已经仳离多年，她却从来没有忘记过他，一向克制隐忍的她，将满腔的相思和无穷的痛楚尽情地诉说了出来。今时不同往日了，他们早已各自分离，她心里蓄满了痛苦，但因为怕别人询问，只能咽下眼泪，强装欢颜。和陆游的原词相比，这首和词写得更为沉痛。

有道是，情深不寿。一段感情中伤得更深的往往是爱得更多的那个人，同样是对彼此余情未了，陆游照样娶妻生子，北上抗金，而唐婉呢，在写下这首《钗头凤》后不久就郁郁而终了，她虽然没有自杀，最终却还是以她的生命殉了这段感情。

沈园里的那次相晤，对于陆游来说只是不期而遇，对于唐婉来说却是致命邂逅。对唐婉这样的女人来说，往昔的情意就像埋在心底的一座活火山，尘封的时候还好，一旦有人触碰，那座火山就会喷涌而出，将整个人都烧成灰烬。

她步了刘兰芝的后尘，他却并没有学焦仲卿那样"自挂东南枝"，而是继续安安稳稳地活了下来，和王氏一共生了七个儿子，一个女儿。他当然并没有忘记她，相反，日子一天天过去，她的影子反而越来越鲜明。

六十七岁时，他重游沈园，看到当年题写《钗头凤》的半面破壁，又写诗感怀："枫叶初丹槲叶黄，河阳愁鬓怯新霜。林亭感旧空回首，泉路凭谁说断肠。坏壁醉题尘漠漠，断云幽梦事茫茫。年来妄念消除尽，回向禅龛一炷香。"诗前还有小序说："禹迹寺南，有沈氏小园。四十年前，尝题小阕壁间。偶复一到，而园已三易主，读之怅然。"

七十五岁时，陆游再次旧地重游，"每入城，必登寺眺望，不能胜情"，写下《沈园》二绝句："梦断香消四十年，沈园柳老不吹绵。此身行作稽山土，犹吊遗踪一泫然。""城上斜阳画角哀，沈园非复旧池台。伤心桥下春波绿，曾是惊鸿照影来。"这时唐婉已去世四十年。

八十一岁，陆游做梦梦到游沈园，醒来后，含悲写了两首《十二月二日梦游沈家园》："路近城南已怕行，沈家园里更伤情。香穿客袖梅花在，绿蘸寺桥春水生。""城南小陌又逢春，只见梅花不见人。玉骨久成泉下土，墨痕犹锁壁间尘。"

八十二岁时，陆游仍是思念着唐婉，又写下了这样的诗句："城南亭榭锁闲坊，孤鹤归飞只自伤。尘渍苔侵数行墨，尔来谁为拂颓墙？"

八十四岁，陆游辞世前一年，人生中最后一次游沈园，作《春游》诗："沈家园里花如锦，半是当年识放翁。也信美人终作土，不堪幽梦太匆匆！"

四十多年过去了，他对她的思念反而一天比一天真切，这样的感情不能说不深。但他不知道的是，恰恰是这份深情害了她。既然没有破镜重圆的可能性了，深情就不如埋在心底，而不是说出来。拜伦写过这样的诗句："假若他日相逢，我将何以贺你？以眼泪，以沉默。"多年以后，你我重逢，纵然爱情还盘踞在心底，我能给予你的也只有眼泪和沉默，事到如今，不打扰，就是我能够给你的最后的温柔。

流传千古的《钗头凤》，让陆游成了情圣，其实比较起来，赵士程或许才是最爱唐婉的男人。她在世之时，他待她百般珍重；她死了之后，他再未续弦。可能因为不是文人，所以他并未留下过一首怀念唐婉的诗词。可判断一个男人是否真正爱一个女人，从来都不是看他怎么写的，而是看他怎么做的。在爱的领域，赵士程，这个名不见经传的男人，以他的沉默和大度，胜过了陆游的生花妙笔。

第三章

曲池荷

常恐秋风早

飘零君不知

管道昇：你侬我侬，忒煞情多

> 你侬我侬，忒煞情多；情多处，热如火；把一块泥，
> 捻一个你，塑一个我。将咱两个一齐打破，用水调和；
> 再捻一个你，再塑一个我。我泥中有你，你泥中有我：
> 我与你生同一个衾，死同一个椁。

第一次看到这首曲子时，还不知道它的名字叫《我侬词》，
更不知道它的作者是谁，初读之下，只觉得心醉神驰，向往不
已。东方人的情感表达方式一贯含蓄，哪怕是涉及情爱的诗词

曲赋也写得委婉至极，这首曲子却写得那样淋漓直率。论坦荡，足以和"上邪，我欲与君相知，长命无绝衰"相比；论炽热，则令人想起西方人常说的女人是男人的肋骨，曲子中所写到的女子，便心甘情愿做爱人的一根肋骨，岂止是肋骨，她和他还血脉相融，骨肉相连，你中有我，我中有你，那是怎么也拆分不了的恩情。

那时就想，能够写出这样一首曲子的人，一定是个女子吧，因为只有女子，才会这样巴心巴肺、倾其所有地去爱一个人；只有女子，才会如此渴望着能和心爱的人彻彻底底地融为一体。就像英国作家毛姆所说的那样，爱情对于男人来说只不过是一个插曲，是日常生活中许多事务中的一桩事务，而对于女人来说则是头等大事，她们可以整天整夜地谈恋爱。毛姆的话虽然有些以偏概全，却也不无道理。

后来果然证实了我的猜测，这首《我侬词》的作者叫管道昇，人们一般称她为管夫人。书法史上有两位夫人很有名，一位是东晋的女书法家卫铄卫夫人，连书圣王羲之都曾跟着她学书，另一位则是管道昇管夫人，两人并称为"书坛二夫人"。

管道昇的夫君，比她名气更大，是在书画史上都赫赫有名的赵孟頫。赵孟頫和管道昇，历来与赵明诚和李清照相提并论，被看成是艺术史上的神仙眷侣。论才气，管道昇可能稍逊于李清照，可论福气，管道昇则远远超过了李清照，毕竟她生于太平年代，又有幸与郎君白头到老，从未承受过乱离与丧偶之痛。这里面，运气固然占了大半，但也离不开管道昇独特的处世智慧，观照她的一生，对现在的我们或许也不无启发。

一方水土养一方人，生于南宋末年的管道昇是浙江吴兴人，是个典型的南国佳丽，江南的温山软水赋予了她柔婉的个性，而出生在山东济南的李清照呢，则是个明快飒爽的山东大妞，两个人在气质上是不大一样的。

吴兴盛产才女，电视剧《珍珠传奇》中的女主角沈珍珠就是吴兴人，记得这部电视剧的主题曲里有这么一段："天姿蒙珍宠，明眸转珠辉。兰心蕙质出名门，吴兴才女沈珍珠……"若把沈珍珠替换成管道昇，这段唱词也是相宜的。

管道昇，字仲姬，出身于江南大户，据说是管仲的后代，父亲管伸性情倜傥，以任侠仗义闻名乡里。这点管道昇和李清照一样幸运，她们都有一个通达的父亲，从未忽视对女儿的培养。书上称管道昇天生才资过人，聪明慧敏，以至于"翰墨文章，不学而能"，这恐怕是夸张的说法，她的成长过程中，离不开父亲潜移默化的教育。管伸膝下无子，于是就将这个聪慧的二女儿假充儿子养，教她诗词书画。

管道昇也的确天赋过人，教什么都一点即通，诗词文章无一不精，尤其擅长画梅、兰及墨竹，她还写过一首诗叫《自题墨竹》："内宴归来未夕阳，绡衣犹带御炉香。侍奴不用频挥扇，庭竹潇潇生嫩凉。""嫩凉"二字真是奇巧无比，可见她的才思。待字闺中时，她抄写过苏蕙所作的《璇玑图诗》，五色相间，笔法工绝。她还曾在湖州游古寺时一时技痒，忍不住在粉墙上画了一幅《竹石图》，泼墨写意，飞白传神，才女之名不胫而走。

有女如此，管伸自然不愿意随随便便将她嫁了，非得为她择一个可堪匹配的佳婿不可。管伸的眼光看来是很高的，前来求亲的人一一被拒，久而久之，附近的人都知道管家的小姐太难娶，管道昇的婚事也被耽搁了下来，二十出头尚未婚配，这在当时应该属于不折不扣的老姑娘了。可管伸一点都不着急，他深信一定会为女儿觅得一个如意郎君。

这样挑来挑去，总算有一个人入了管伸的法眼，那就是赵孟頫。赵孟頫是宋朝的宗室子弟，先祖是赵德芳，到了赵孟頫这一代宋朝已亡，父亲又过早去世，家中早已日渐败落，生活维艰，但尽管没落了，也有股没落王孙的气派。宋朝皇室盛产艺术家，前有宋徽宗，后有赵孟頫，都是一等一的艺术家，而且是难得的通才。赵孟頫善诗文，懂经济，擅金石，通音律，解鉴赏，书画尤其出彩，在绘画上被称为"元人冠冕"，书法方面则开创了独特的赵体，与欧阳询、颜真卿、柳公权并称为"楷书四大家"。而且他还长得很帅，《元史》中称他"才气英迈，神采焕发，如神仙中人"，从各方面综合来看，可以称得上是一位无比挑剔的才貌仙郎，除了家里穷点。

真正的才华和美貌一样，是掩盖不住的，那时候的赵孟頫虽然还未出人头地，却已经偶露峥嵘，成了"吴兴八俊"之一。管伸和他接触了几次就认定，只有他才配得上自己才貌双全的女儿，而且还认定了，这个小伙子将来一定会飞黄腾达。

在父亲的极力主张下，管道昇嫁给了赵孟頫。还有一种传说更有趣，说是赵孟頫偶尔见到了管道昇所画的墨竹图，素未谋面便已被她高超的画技所折服，于是主动去结识她，并以自己的书法和她的墨竹图交换，如果当真如此的话，可见他们之间也有自由恋爱的成分。以管伸的开明，必然会征求女儿的意见，所以管赵二人在婚前见过面甚至交往过都是极有可能的。

有学者认为，他们结婚的那一年，赵孟頫已经三十六岁了，管道昇也已二十八岁（也有说二十四岁的）了，这个年龄在古代是绝对的晚婚了。这么晚才结婚，可见双方的心气都很高，不愿意随便将就，幸好有了这种不将就的态度，才成就了书法史上最珠联璧合的一对佳偶。

赵孟頫果然没有辜负老丈人的期待，两人婚后没多久，他便作为"逸民"被举荐入朝，因是赵宋宗室，又才学过人，所以深受元世祖忽必烈的礼敬，一见面就封他为集贤直学士，命他代拟诏书，并夸他拟的诏书"深得朕心"。之后的元仁宗更是待他亲厚，只称呼他的字而不是名来表示亲昵，怕他体虚畏寒特意赐他皮袍，并将他比作唐时的李白、宋时的苏轼，如此礼遇，在文人中实属罕见。

赵孟頫的官一直做到了翰林学士、荣禄大夫，又被加封为魏国公。管道昇也被封为魏国夫人，因此后世称她为管夫人，这样的荣华富贵，可能已经超出了她父亲管伸的期许。

可这对伉俪之所以被后世艳羡，并不在于世俗所推崇的夫贵妻荣，而在于精神上的高度契合。关于这种契合的难得，《二刻拍案惊奇》里还记载了这样一则佳话：

　　天下有一种绝技必有一个同声同气地在那里凑得，夫妻里而更为希罕。自古书画琴棋，谓之文房四艺……

> 若论画家，只有元时魏国公赵子昂与夫人管氏仲姬两
> 个多会画。至今湖州天圣禅寺东西两壁，每人各画一壁，
> 一边山水，一边竹石，并垂不朽。

赵孟頫与管道昇，确实称得上同声同气，民间形容一对夫妻恩爱，常常说他们"好得就像一个人"，管赵二人，就是"好得像一个人"。很少见到有像他们这样爱好高度重合的夫妻，他们都醉心于书法，雅好丹青，喜欢佛法，工于诗词，闲暇时不是在诗词唱和，就是一同作书绘画，他们之间互相学习，共同切磋，如同武侠小说中的一对名剑，双剑合璧，威力顿时大了不止一倍。

同样是娶了才女的男人，赵孟頫与赵明诚相比，似乎更懂得欣赏妻子的才华。他提及管道昇时，不止一次用"聪明过人"来形容妻子，特别是他在妻子去世后为她所写的墓志铭，简直就是一首赞美诗，此处摘录一段：

> 夫人天姿开朗，德言容功，靡一不备。翰墨词章，
> 不学而能。处家事，内外整然。岁时奉祖先祭祀，非
> 有疾必斋明盛服，躬致其严。夫族有失于人者，必赎

出之。遇人有不足，必周给之无所吝。至于待宾客、
应世事，无不中礼合度。心信佛法，手书《金刚经》
至数十卷，以施名山名僧……

照此看来，在赵孟頫的心中，管道昇几乎称得上完美无缺
了，相貌佳，性格好，能诗会画，又会管理家事，还宅心仁厚，
如果把林黛玉和薛宝钗糅合在一起，可能就是她这个样子。尤
其是"天姿开朗"四个字，顿时勾勒出一个活泼的管道昇来，
还有"不学而能"四个字，可见赵孟頫对妻子的高度推许。

对于管道昇的出众天赋，赵孟頫一向是深以为豪的，在她
所作的一幅画上题跋说："吴兴郡夫人不学诗而能诗，不学画
而作画，得于天者然也。"不用学诗就能作诗，不学画画就能
画得很好，这完全是因为天资过人啊。

在推崇女子无才便是德的时代，一个男人赞美起妻子来往
往称她如何贤良淑德，唯独赵孟頫却更看重妻子的聪敏和灵
性，这是多么难能可贵。

他们之间的契合，不仅仅是兴趣的相投，也包括气质的相近
和三观的一致。赵孟頫当年，是作为"逸民"的代表而被举荐入

朝的，本人也气质超逸，望之如神仙中人。而管道昇呢，也并无寻常妇人的俗气，赵孟頫曾在她的画上题词说："道昇素爱笔墨，每见余尺幅小卷，专意仿摹，落笔秀媚，超逸绝尘。此卷虽是小景，深得暗香疏影之致。"清代画家廖云锦也曾在见到管道昇留传下来的《墨竹图》后题了一首诗："清姿秀骨脱凡尘，柳絮才高莫与伦。一抹远山数丛竹，绝无脂粉累风神。"

不管是"超逸绝尘"还是"清姿秀骨"，都说明了管道昇的不染尘俗，《世说新语》中曾用"风尘外物"来形容王戎，移之来形容管赵二人也很贴切，他们身上都有清逸绝俗的一面。

同时，他们又有人间烟火味的一面，都非常重视家庭生活，这也是赵孟頫极为可贵的地方，他对自己的妻子、对九个孩子都抱有一种脉脉的温情。正因为对妻子体贴入微，以至于留下了一段代书《秋深帖》的佳话：那是一个深秋的晚上，当时赵孟頫见妻子忙于琐碎事务，连家信也挤不出时间来写，便拿起笔来代她写了一封给其婶婶的家书，写到信末时忘记了，一时疏忽将落款写成了"子昂"（赵孟頫的字），察觉后才又涂抹了一番，改成了道昇。这则《秋深帖》至今仍收藏在北京故宫博物院，还看得出涂改的痕迹，正是他们恩爱的佐证。

　　偏偏如此恩爱，居然还闹出了纳妾的风波。据说管道昇玉貌渐衰之后，赵孟頫也渐渐有了他心，便写了一首词给管道昇，委婉地表达这个意思，全词如下：

　　　　我为学士，你做夫人。岂不闻王学士有桃叶桃根，
　　苏学士有朝云暮云？我便多娶几个吴姬越女无过分。
　　你年纪已过四旬，只管占住玉堂春。

　　这首词写得浅显明白，意思是想效仿下王献之、苏东坡，多纳几个吴姬越女，还点明了管道昇已年过四旬，只管保住你正房的位置即可，莫来管这么多。

　　管道昇直接回了他一首曲子，就是本文开头所提到的《我侬词》："你侬我侬，忒煞情多……"赵孟頫读了后，深为佩服妻子的才智与深情，于是大笑而止，打消了纳妾的念头。

　　这个故事相当精彩，但是看上去很眼熟，因为和卓文君写诗来挽回司马相如的桥段实在太相似了，民间的人都信以为真，学界却有不少人提出了质疑。理由有二：一是很多人纳妾都是由于无子，但赵孟頫与管道昇一共育有三子六女，如果他真有妾室的话，不太可能小妾没有生育孩子；二是赵孟頫对管

道昇一贯情深意重，但他那首词写得太过轻佻，用词也太过俚
俗，不符合他平素的性格。按照词风来说，很有可能是好事者
编造出来的。

　　依照这种推论，那么管道昇的《我侬词》很有可能不是写
在两人渐生嫌隙时，而是写在两人如胶似漆时，不是一首爱的
挽歌，而是一首爱的赞歌，描写的是一种最理想的夫妻关系。
"将咱两个一齐打破，用水调和；再捻一个你，再塑一个我……"
如此火热，如此缠绵，全无半分怨气，有的只是绵绵情意，无
论如何都不像出自一个丈夫已变心的妻子之手。

　　我猜想，写这首《我侬词》的时候，管道昇已经和赵孟頫
进入了夫妻关系中最亲密的阶段，那就是你中有我、我中有你。
多少人做了一世夫妻，临老了仍是最熟悉的陌生人，连基本的
了解都做不到，只有极少数的夫妻，才能够达到亲密无间的境
界，至于能做到你中有我、我中有你，那更是万中挑一了。

　　在一段好的夫妻关系里，双方都会从彼此身上吸收养分，
就像赵管伉俪这样。赵孟頫对于管道昇的影响是显性的，他无
意中扮演了她的老师，管道昇在《修竹图自识》中写道："墨竹，
君子之所爱也。余虽在女流，窃甚好学。未有师承，难穷三昧。
及侍吾松雪十余秋，傍观下笔，始得一二。"可见她画墨竹是

受"吾家松雪"的教化。她的书法遒劲妩媚，点、捺等笔法都
取自赵体，甚至到了夫妻二人所书令人分不清的地步。

　　管道昇对赵孟頫的影响则是隐性的，她和贪慕荣华的女子
不一样，她向往的是归隐江湖、终老林泉。她曾画有一幅《渔
父图》，并在上面写了四首《渔父词》：

　　　　遥想山堂数树梅，凌寒玉蕊发南枝。山月照，晓
　　风吹，只为清香苦欲归。
　　　　南望吴兴路四千，几时回去霅溪边。名与利，付
　　之天，笑把渔竿上画船。
　　　　身在燕山近帝居，归心日夜忆东吴。斟美酒，鲙
　　新鱼，除却清闲总不如。
　　　　人生贵极是王侯，浮利浮名不自由。争得似，一
　　扁舟，弄月吟风归去休。

　　由于身为赵宋宗室，又在元朝做官，赵孟頫当时承受了很
多的非议。只有管道昇深知夫君并不是贪图名利的人，她写这
些《渔父词》，正是在委婉地提醒夫君，浮利浮名都是虚幻，
不如早日回到家乡，荡舟湖上，弄月吟风。

对妻子的这份用意，赵孟頫一点即通，当即和了两首《渔父词》：

> 渺渺烟波一叶舟，西风木落五湖秋。盟鸥鹭，傲王侯，管甚鲈鱼不上钩！
>
> 侬在东南震泽州，烟波日日钓鱼舟。山似翠，酒如油，醉眼看山百自由。

他以此来表示自己和妻子的心意是相通的，并特意在跋语里点明了"此渔父词，皆相劝以归之意，无贪荣苟进之心"。

自此以后，赵孟頫再无心留恋官场，常常上书请辞，可朝廷总是不允。直到管道昇病重时，才准许他们回吴兴老家，可惜船还没开到，管道昇就病逝在途中了。

赵孟頫伤心至极，亲自为她撰写墓志铭，在给中锋和尚的信里，他说："盖是平生得老妻之助整卅年，一旦丧之，岂特失左右手而已耶！哀痛之极，如何可言？"又哀叹说："盖孟頫与老妻不知前世作何因缘，今世遂成三十年夫妇？又不知因缘如何差别，遂先弃而去？使孟頫棲棲然无所依。今既将半载，痛犹未定，所以拳拳欲得师父一临，以慰存殁之心。"

　　三年后，赵孟頫追随管道昇而去，真正实现了"我与你生同一个衾，死同一个椁"的誓言，只留下了一段"你侬我侬，忒煞情多"的故事在世上流传了下来，我相信它将会一直流传下去。

柳如是：桃花得气美人中

　　"作为一个女人，我生错了时代，却又生对了时代。"这
是电影《柳如是》的开场白，恰恰可以当成她一生的注解。她
这样一个才貌双全的女子，如果生活在承平盛世，大可以吟风
赏月、悠闲度日，却不巧生活在明末清初的乱世之中，经历过
常人难以想象的颠沛流离，这是她的不幸之处。可偏偏是乱世
成就了她的传奇，她是乱世中的佳人，恰恰是战乱衬托出她的
凛凛风骨。

　　"桃花得气美人中"，这是柳如是的名句，她就像盛开在

动乱年代的一树桃花，有了漫天烽烟作为背景，才越发显得那般鲜艳，那般妩媚。

在秦淮八艳中，柳如是的地位显得相当特殊，论美貌，她自然没有陈圆圆、顾媚那样倾国倾城；论才艺，她也未必强过马湘兰、寇白门；说到温柔婉约，她远逊于董小宛；论起气节大义，李香君也不输于她。书中称她"为人短小，结束俏利，性机警，饶胆略"，可见她身材异常娇小，以容貌而言在秦淮河的如云美女中并不特别出众，属于那种人格魅力大于外貌魅力的个性美女。

尽管如此，柳如是却偏偏是其中风头最盛、名声最响的一位，隐隐然有八艳之首的气派。这可能是因为其他诸艳们美则美矣，却缺乏辨识度，不像她这样个性鲜明、特立独行。正是她的特立独行，让她成为秦淮河畔乃至整个明末最有个性的女子，令人至今难忘。

在还没有成为秦淮八艳的领军人物之前，柳如是有过一段惨淡的过往。她的人生，是从那个叫作归家院的妓院开始的，由于家中贫困，她五岁那年就被卖到此处，跟随名妓徐佛学艺。

那时候，她还是一个叫作杨爱的小姑娘，生得瘦瘦小小，每日跟着徐佛学习弹琴吹箫、吟诗写字、画画围棋，她天生聪明伶俐，诸般奇巧一学就会。学艺，说起来好听，其实只不过是为了能用这些来取媚男人罢了，就像一匹未长成的小马，主人精心蓄养，只是为了能卖个更好的价钱，这样的女孩子，被人称之为"瘦马"。

身为"瘦马"，得像商品一样被人任意挑选。这点张岱在《陶庵梦忆》中有过生动的描绘，顾客上门，要将小姑娘的脸、手、臂、身、眼乃至脚趾一一看遍，走路不够轻巧都会被挑剔。可以想象，不过十来岁的小杨爱，站在归家院的院子里被如此挑三拣四，是怎样如履薄冰小心翼翼。只要稍有自尊的人，都不愿意被当成一样货物来挑拣，而对于自尊心尤其强烈的她来说，这样的经历无疑是奇耻大辱。

在归家院里她是出挑的，所以才被曾任内阁首辅的周道登一眼相中，嫁入周府为侍妾。因为天生聪慧，周道登对她偏爱有加，常将娇小的她抱在膝上，亲自教她读书习文，惹得其他妻妾嫉妒不已。可惜好景不长，周道登很快就去世了，她被周府的女人们扫地出门，罪名是她和小厮私通。

有人为她辩诬，说这是嫉妒她的周家妻妾们捏造的，其实若她真和小厮私通也并不奇怪，她这辈子在情欲方面从不压抑自己，既要追逐灵性的境界，也要享受感官的愉悦，对灵和欲的追求都达到了极致。

十四岁，她再次流落到烟花巷。换了别的女子，可能要自怜薄命了。她却偏不，反而挂出了"故相下堂妾"的招牌，以此来抬高身价，用六神磊磊的话来说，多数男人都喜欢亲近和名人有染过的女人，因为那是"大人物战斗过的地方"。果然，吴江故相宠妾的名头吸引了大批名流公子慕名而来，从此她艳帜高张，身价大涨。

不得不说柳如是真是天生的营销高手，善于造势，更善于借势，她能成为一代名妓，和她善于借名人的势关系甚大。她爱主动结交名流，当时最为闻名的"云间三子"都是她的座上宾，复社的领袖张溥也对她一见倾心，大加赞赏。

除此之外，她还懂得根据自身的优势来打造个人名片。她知道秦淮河的美女太多，便索性不在美貌上和他人争长短，而是剑走偏锋，在打扮、谈吐和举止上另辟蹊径，用与众不同来让人们印象深刻。

在一群莺莺燕燕中，她也许不是最美貌的，却绝对是最特别的。她穿男装，戴方巾，口齿伶俐，言谈诙谐，神情洒落有林下风度，和当时的文人墨客们以兄弟相称，迥异于那些只知道一味顺从男人的庸脂俗粉。

　　在那个男尊女卑的年代里，推崇的都是温柔和顺的婉约才女，像柳如是这样飞扬洒脱、豪迈不羁的女子实在太罕见了。烟花柳巷中的女子本是弱势群体，奇怪的是，她却一直保持着强势的作风。那时她乘着一叶扁舟浪迹于松江之上，来往的都是顶尖的才子和名士，一般俗人根本入不了她的法眼，富贵人家的纨绔子弟，在她眼里只是些毫无思想的木偶，只知道写八股文应举的读书人，在她看来也都是些俗气的"伧父"。

　　成为名妓的最大好处在于，她终于不用再被人挑选，反而拥有了挑选客人的自由。曾经有个姓徐的客人，掏出三十两银子只求能见她一面，见面后她却嫌此人言语粗鄙，宁愿剪下一缕青丝作为补偿也不愿意招待他。

　　烟花巷终究不是安乐窝，身为风尘女子，即便是秦淮八艳这个级别的，内心深处也是渴望着从良的。一般的青楼女子都是守株待兔，在追求者中选择一个符合心意的，柳如是却不一样，她采取的态度是主动出击，而不是被动等待。

　　秦淮名妓们最喜欢的从良对象就是才子，柳如是更是一个深度的才子控，她交往过的男人没有一个不是才华横溢的，有人甚至称她为一部行走的"才子收割机"。

她收割的第一个著名才子叫宋征舆，小宋是"云间三子"中最年轻的一位，和她年龄相近，才貌相当，最难得的是，性情相当温柔，对她唯命是从。一次他到柳如是住的船上来拜访，正碰上她心情不好，发话说："我还未梳妆，你要真有心的话，就跳进水里等候吧。"小宋二话没说就跳进了水里，那水冰冷刺骨，冻得他瑟瑟发抖。柳如是被感动了，将他接入船中，用自己的身体为他取暖，两人顺理成章地走在了一起。她应该是真心喜欢他的，连他的钱财也不要。

小宋的母亲却棒打鸳鸯，恐吓儿子说："她这不是要你的钱，是要你的命啊！"迫于母命，小宋渐渐疏远了柳如是。正在此时，可能是因为看不惯柳如是的作风，当地的郡守要驱逐她。柳如是将小宋约到了船上，目的是想看看他的态度，小宋嗫嚅着劝她："不如避避风头。"柳如是对这个怯弱的男人失望至极，挥刀割断七弦琴，宣布从此和他一刀两断。小宋灰溜溜地下了船，接下来的余生，他将在无数首诗词里一次次怀念她。

小宋的事情对柳如是没有造成多大打击，她很快步入了下一段恋情，这个男人名气更大，才华更高，是"云间三子"中最负盛名的陈子龙。陈子龙人如其名，为人慷慨激昂，极具阳刚气质，与小宋的阴柔截然不同。

　　女人在和一个男人分手后，往往会被一个完全相反的男人所吸引，柳如是也不例外。在这段感情里，应该是她主动追求陈子龙的，据说她换上儒生打扮，到松江去拜访陈子龙，递上名片自称为"女弟"。那时的女子在男人面前都是自称为"妾"，像她这样自称为弟，实在是敢冒天下之大不韪。这说明了即使是在仰慕的男人面前，她也不愿意俯首低眉，而是希望能与他平起平坐。

　　陈子龙性格严峻，对她这种不受礼法所拘的做法很不以为然，但他哪里敌得过佳人的热情攻势呢？很快他就沦陷了，两人一度在松江南楼同居，双宿双栖，讨论时事，切磋诗文，过了段神仙眷属般的生活。可惜好景不长，仅仅是一个春天之后，陈子龙的妻子率人到南楼大闹，柳如是心知无望嫁入陈家，只好忍痛和陈子龙分手。

　　这次她是真的被伤到了，陈子龙本来就是她最仰慕的那种英雄人物，她对他用情很深，最后还是不得不放手。放手的时候，她对他尚有余情，写下了那首著名的《金明池》来追忆旧情，词中有"一种凄凉，十分憔悴"之句，正是她心情的写照。

　　有恨寒潮，无情残照，正是萧萧南浦。更吹起、霜条孤影，还记得、旧时飞絮。况晚来、烟浪迷离，见行客、特地瘦腰如舞。总一种凄凉，十分憔悴，尚有燕台佳句。

　　春日酿成秋日雨。念畴昔风流，暗伤如许。纵饶有、绕堤画舫，冷落尽、水云犹故。念从前、一点春风，几隔着重帘，眉儿愁苦。待约个梅魂，黄昏月淡，与伊深怜低语。

　　而陈子龙呢，也和宋征舆一样，将对她的怀念都放在了之后的诗词里。

　　连续经历了两次感情上的失败，即使个性飞扬如她，也未免有些消沉了。对于男人，她真是有些心灰意冷了，他们一个个离开她时总是表现得百般不舍，她却已经看穿了，所谓母命难违，所谓礼法难容，说到底都只是因为爱得不够。

　　她到底还是好强的，并没有因此折戟沉沙，反而愈战愈勇。她要么不嫁，要嫁就得嫁一个更有才、对她也更好的男人，她公然宣称，非得找个博学好古的旷世逸才方肯委身。这样的男人实属罕见，她挑来挑去，终于将眼光对准了一个人，那就是当时的文坛盟主钱谦益。

　　钱谦益有一代文宗之称，二十八岁就中了探花，曾任礼部侍郎，家中聚敛了巨量财富，不论是学识、地位、声誉还是财力，都远非陈子龙、宋征舆可比，唯一的缺点是年近花甲，年纪未免太大了。可以柳如是的经验来看，年轻男子在经济和生活上都缺乏自主权，比较起来，倒不如年长者那样靠得住。

　　相中目标后，柳如是再一次出手了。第一步，她先放出话去，号称非有才如钱谦益那样的人不嫁，借以制造舆论攻势。钱谦益也久仰如是之名，听了后心中惊喜，认为此女子有一双识英雄重英雄的慧眼，马上隔空引她为知己。

　　第二步，她又一次女扮男装，打扮成书生模样，以"柳儒士"的名号去拜访钱谦益。当时正是寒冬，她仅着一件单衣，双颊冻得绯红，看上去艳若朝霞，一接触却肌肤微温，当真是温香软玉，谈吐起来更是出语诙谐，见识独到，令钱谦益一见就大为倾倒。

　　他当即为她在自家旁盖了一间小房子，外形犹如一只泊在芦苇水畔的精致画舸，取名为"我闻室"，取"如是我闻"之意，隐含了柳如是的名字。如此盛情，足见他的真诚。

　　柳如是却没有像对陈子龙那样立即和钱谦益同居，而是找了个借口回松江去了。我猜想这是她计划的第三步，未必是为了欲擒故纵，而是为了试探一下钱谦益对她的诚意到底有几分。

　　钱谦益果然没有辜负她的期望，他公然无视当时的世俗礼法，以正室之礼来迎娶柳如是。这样的举动，在那样的年代称得上惊世骇俗。婚礼当天，不少围观的老百姓指着二人辱骂，并向他们乘坐的彩船扔石头瓦块，扔得满船都是，群众就是看不惯，一个青楼女子居然可以嫁得如此风光、如此高调。钱谦益和柳如是二人却依然端坐船中，笑语依旧，怡然自得。这是她一生中最扬眉吐气的时候，她受了那么多白眼冷遇，此时终于可以一雪前耻，快意如此，哪还顾得上他人的眼光。

　　柳如是择婿的眼光的确不错，二人结缡后，钱谦益对她好极了，他斥重金为她修建了"绛云楼""红豆馆"，绛云楼中藏书极为丰富，两人便在楼中读书、下棋、作诗、唱和，朝夕相对。有个段子，说婚后钱柳两人开玩笑，钱谦益说："我爱你乌个头发白个肉。"柳如是则笑着回应说："我爱你白个头发乌个肉。"虽是调笑，两人的恩爱却可见一斑。

　　钱谦益对于这位小他三十多岁的夫人不仅宠爱至极，而且相当尊重，记载他们逸事的书中用了"宠惮"一词，可见他对她是又敬又爱的。更让柳如是感激的是，钱谦益给予了她非常大的独立空间。家中有客人来访时，他有时倦于见客，就让如是代他去应酬。柳如是的性格是非常热情外向的，喜欢与文人们来往，有时出去拜访朋友，竟然一去就是一整天，钱谦益也丝毫不生气，还说："这是我的高足弟子。"又戏称如是为"柳儒士"。

钱柳二人称得上志同道合，他们都是那种入世热情极高的人，都喜欢积极参与政治事务。明朝覆亡后，福王朱由崧在南京建立了南明小朝廷，钱谦益谋得了礼部尚书之位，柳如是随他到南京上任，一位出身青楼的女子居然摇身一变成了尚书夫人。

可没过多久，南京就岌岌可危了，清兵攻入之前，柳如是劝钱谦益一起投湖，以保全气节。钱谦益唯唯诺诺地答应了，走到水边后装模作样地试了一下，就推说"水太冷了"，转身就走了回来。柳如是气愤得准备跳进湖里，钱谦益却奋力拉住她，不让她自尽。

关键时刻，两人的高下自现。如果说这之前柳如是还是生活在钱谦益的光环之下，从这件事后他们之间的地位就颠倒了过来，舆论从此觉得钱不如柳，钱谦益用他的怯懦和屈服，衬托出了柳如是的刚烈和不屈。她想效仿梁红玉，他却当不了韩世忠。

　　投湖一事已令柳如是对钱谦益大失所望，接下来，钱谦益的一系列表现更是让她轻视。他先是开门献城，那日大雨如注，他脱下官服，青衣小帽，跪在雨中迎接进城来的清兵们，这一幕真是不堪。清兵攻入江南后，勒令百姓剃发，有许多人誓死不从，钱谦益却在某天突然大嚷一声"头皮好痒"，然后跑出家门，等回来后已经剃发留辫。不仅如此，他还入京求官，本来想当宰相的，清廷却只让他当了个礼部侍郎。赔上了一辈子的名誉，却只落得个不大的虚职，他半年后就灰溜溜地辞官回家了。

　　钱谦益入京后，柳如是没有跟着去，而是留在了老家。也许是对钱谦益太失望了，她这时和一个姓郑的书生传出了桃色新闻，钱谦益的儿子钱孙爱看不过眼，闹着要报官。钱谦益回来后，将儿子痛骂了一顿，训斥他说："国家灭亡时，士大夫尚且不能保全名节，又何必责备一个小女子失节呢！"有些书上更记载说，他对柳如是甚至纵容到了公然鼓励她蓄养面首的地步。不必为柳如是避讳，她是个相当复杂的人，袒露出来的一面并不全都是光明，还夹杂着晦暗，我们不必因为推崇她的风骨，就将她描述成一个完美无瑕的圣女。

　　可能是为了挽回已经毁掉的名誉和感情，钱谦益开始暗地里资助反清复明的义士，这背后自然离不开柳如是的影响。为了共谋大计，他们不惜散尽千金，钱谦益更因此被牵连入狱。这本来是件坏事，却让他们降到冰点的感情有了转机。钱家没人敢出头，只有柳如是挺身而出，上书官府请求让自己代夫君死，并变卖家产，到处打通关节。在她的极力营救下，钱谦益才平安出狱，他还特意写诗感叹说："恸哭临江无孝子，从行赴难有贤妻。"

经历了这场风波之后，他们终于又恢复了往昔的恩爱，在红豆山庄里悠游林泉，携手共老。钱谦益八十岁生日那天，柳如是亲手摘下一颗红豆送给他作为礼物。在他最后的时光里，她终于彻底地谅解了他，人非圣贤，孰能无过，他是犯过大错，可她又何尝完美无缺呢。他也许算不得一个好臣子，却绝对是一个好丈夫，没有他，她可能还是秦淮河畔一个孤苦无依、任人践踏的女子，他用他的大度、包容和尊重，成全了她的荣光和尊严。

人性是如此复杂，爱情又何尝不是呢。钱柳两人的关系，很难简单地定义，他们是夫妻，更是同志、战友，共患难，经历过风雨，有过恩爱，也有过龃龉。他们之间，不仅有情意，更有恩义，他对她有过知遇之恩，她则回报以义气，正是这份恩义，让他们不离不弃，生死相依。

钱谦益活到八十三岁才去世。他死之后，早就看不惯柳如是的钱家族人上门来争家产，柳如是不甘受辱，用一根白绫吊死在房中，临终前留下遗书，让女儿女婿去衙门告状替自己申冤，用这种近乎惨烈的方式保住了钱谦益留下的家产。

不必为柳如是唏嘘，她从来都不怕死，怕的是活在这世上窝窝囊囊地受气，她宁愿舍弃性命，也要保全自己的尊严。这个出身于青楼的女子，远远有着比男人还要硬得多的骨头，就算命运将她摁到了泥潭里，她也要昂起头来，决不屈服。上天给她的空间有限，她却在旧时女性低微的天空里，拼尽全力展翅飞了起来，而且终其一生都保持着飞翔的姿态。

最终，她赢得了几乎所有人的尊敬，在她去世三百多年后，一个姓陈的学者到她的故居凭吊时，花重金买下了一颗红豆，据说是从她种下的那棵红豆树上摘下来的。这位学者晚年双目失明，却不惜花费十年功夫，口述了一部关于她的传记，著书过程中有感于她身上的"独立之精神，自由之思想"，他一次次感动得悲泣不已。

我想你一定知道了，这位学者正是陈寅恪，而这部书稿的名字就叫作——《柳如是别传》。

董小宛：不作人间解语花

　　名妓们也是要嫁人的，她们选择夫婿，有一个专门的词语，叫作"从良"。我原本以为，历史上有名的那些花魁，粉丝没有一万也有八千，完全能够可劲儿地挑，结果发现，成功从良实在是太难了，她们中运气好点的能做人家的妾，运气不好的只能在一个个男人身边流离，最惨的是，沦为下堂妾之后又出来重操旧业。

　　以秦淮八艳为例，最美的陈圆圆让吴三桂"冲冠一怒为红颜"，这样惊天动地的开始，最后不过是一个烂俗的结局——

多年后，陈圆圆色衰宠竭，黯然自请出家；李香君是先嫁给侯方域为妾，入清后，香君就不知所终了；卞玉京一直想嫁给吴伟业，未遂后胡乱嫁了一个诸侯，并不得宠，只得出家做了女道士；马湘兰终生未嫁，做了王稚登一辈子的红颜知己；寇白门十七岁就嫁给保国公朱国弼为妾，朱降清被软禁，她只好返回秦淮重操旧业，在风尘中终老。

说起来，八艳中从良较成功的只有柳如是、顾媚、董小宛三位。柳如是嫁了钱谦益，只可惜差了一点点运气，钱死之后被族人逼得自尽。顾媚则是八艳中唯一一个堪称善始善终的例子，她嫁给了龚鼎孳，清初三大文人之一，在文坛与钱谦益齐名，官做到了礼部尚书，顾媚也随之被封为"一品夫人"，享受到了货真价实的"正妻待遇"，她死之后，龚鼎孳写了很多诗追悼她，生前风光，死后也赚了不少眼泪。

可当时最为人称道的反而是董小宛，毕竟柳如是嫁的钱谦益年纪太大，顾媚嫁的龚鼎孳做了清朝的官算是名节有亏，只有她嫁的冒辟疆和她年龄相近，著名的复社四公子之一，终生不仕清廷，既是名士，又是清流，得婿如此，小宛也增色不少。

所以数百年来，董小宛和冒辟疆一直被当成才子佳人的典范，小宛死后，冒辟疆写了《影梅庵忆语》来怀念她，在他的笔下，两人一起品香、制茗、吟诗、赏菊，过的是神仙眷属般的生活。

这样的生活，可不是天上掉下来的，而是董小宛拼了命倒追换来的。都说女追男隔层纱，可偏偏董小宛碰到的是根特别难啃的骨头。别人的从良路上铺的是鲜花，再不济也是芳草，只有她的从良路上铺的全是荆棘，一路走来血泪斑斑。

董小宛，人如其名，生得楚楚可怜风姿嫣然。她原名叫作董白，号青莲，从这名号就能够看出来，这姑娘虽人在风尘，却仍然维持着高洁的本心。在迎来送往的青楼中，小宛是个异数，秦淮河的姑娘大多艳如桃李，如顾媚柳如是等，一个比一个长袖善舞，喜欢周旋于一拨文人名士之中，顾媚所住的眉楼经常门庭若市，被人戏称为"迷楼"。董小宛却冷若冰霜，每次到了幽林远壑，就流连忘返，而到了声色场所，一听到男女调笑就心生厌恶。那种孤标傲世、洁身自爱，和寄居于贾府中的妙玉颇为相似。

小宛在秦淮八艳中也是以才艺出众闻名的，她文才不及柳如是，曲艺不如陈圆圆，但胜在全面，是个难得的"通才"。她七八岁就通晓诗书，弹琴唱曲、刺绣缝纫、书画弈棋无不精通，尤其擅长烹饪和茶道。从这些爱好可以看出，尽管看上去有些冷傲，小宛骨子里却是个最传统不过的女子，也是最受男人欢迎的那种温柔贤惠的类型。

她和柳如是恰恰构成了一组鲜明的对比：柳如是明快爽朗，小宛则楚楚可怜；柳如是诙谐健谈，小宛则沉默寡言；柳如是爱穿男装，小宛则温柔斯文；一个是侠女，一个是淑女；一个向往的是和男人并驾齐驱，一个追求的则是做男人背后的女人。如果说柳如是具有雌雄同体的特质，那么小宛则是最女人不过的女人了。

按说小宛对异性的吸引力应该远远高于柳如是，但吊诡的是事实并非如此。同样是倒追，柳如是追起钱谦益来几乎不费吹灰之力，董小宛追起冒辟疆来却费尽了九牛二虎之力。当然两者难度也不一样，冒辟疆比钱谦益年轻得多，也要帅气得多，他年纪轻轻就名列四公子之一，家中是如皋首富，人又长得玉树临风、神清骨秀，有"东海秀影"之称，据说当时很多女子见了他，都宣称宁愿不做贵人的妻子，也要做他的小妾，冒公子的魅力可见一斑。

宁为才子妾，不做贵人妻，这种观念在现代很难理解，在那个年代却并不罕见。相传董小宛曾揽镜自照，对着镜中的自己说："我天姿如此巧慧，若屈就嫁了个庸人，尚且会感叹彩凤随鸦，更何况像如今这样沦落风尘呢？"由此可见小宛的心气是很高的，虽处于风尘之中，却一心要寻求一个能与之相匹配的才郎。

这样的女孩子，是很难轻易对人动心的。十五岁那年，董小宛初见冒辟疆，那时她尚带着醉意，瞧在冒公子的眼里，"面晕浅春，缬眼流视，仙姿玉色，神韵天然"，当即就怦然心动，"惊爱之"。而董小宛呢，却神情有些傲慢，懒懒的没有和他说一句话。可见那时她确实心很高，连冒辟疆这样的浊世翩翩佳公子也懒得搭理。

两人见面后并未当即擦出火花，后来冒辟疆又特意去拜访过董小宛，不巧她正好去黄山游玩去了。正如名妓并不单单和一个才子来往，才子们往往也不止和一个名妓来往。这期间，冒辟疆遇到了另一位名妓，正是艳名满天下的陈圆圆。

若光比拼美貌，陈圆圆是秦淮八艳中拔头筹的，够得上倾国倾城的级别，冒辟疆还记得初见陈圆圆时，她衣着素雅，其人淡而韵，一开口唱曲更如大珠小珠落玉盘，冒辟疆用了"欲仙欲死"来形容听曲时的感受，可见陈圆圆的杀伤力有多大。陈圆圆也对他印象不错，郎有情妾有意，立刻订下了密约。冒辟疆那时正为将父亲从战乱中的襄樊调回老家一事而奔忙，一时延误了，等他返回苏州时，陈圆圆已被豪强夺走。错过了如此佳丽，冒辟疆还是有些遗憾的，后来他常常对朋友感叹说："妇人以姿致为主，色次之，碌碌双鬟，难以其选也，慧心纨质，淡秀自然，平生所觏见，则独圆圆耳。"

对于有些男人来说，抚平失恋伤痛的最佳方法就是迅速投入下一段恋情。于是冒辟疆扁舟一荡，又来到了董小宛的楼下，这次终于有缘相见。经过数年世事的磨炼之后，董小宛已经不再是当初那个清高孤傲的少女，这几年她过得挺不顺利的，相依为命的母亲去世了，父亲又在外豪赌欠下了一笔巨债，自己也身患重病，早已门庭冷落车马稀，昔日那些追求她的公子哥儿都不见了人影。

冒辟疆去看她时，她已经病得奄奄一息，屋子里满是药物。一见到冒辟疆，精神骤然一振，动情地说道："一见君就神怡气旺。"到了半夜更是披衣而起，宣称："我的病好了！"

照此看来，小宛的病倒似是心病，正当天下大乱，她一个弱女子又失去了依傍的母亲，无依无靠到了极点，染上病后就没有了求生的意志，才会缠绵病榻如此之久。心病还需心药医，见到了殷勤探望的冒公子，顿时神清气爽，一下子霍然而愈也是有可能的。

人们总觉得冷傲的女孩子难以接近，其实她们清冷的外表下往往埋藏着炽烈的情感，轻易不动情，一旦动了真情的话，便会将平生积累的热情倾泻而出。小宛便是如此，再加上身逢乱世，急于寻找一个归宿，而冒辟疆从各方面来看正是个最理想的归宿。

一夕倾谈之后，小宛当机立断，誓要委身于冒辟疆。冒辟疆没有松口，她就鲜衣靓妆，打着送他的名义，渡浒墅，游惠山，经过毗陵、阳羡、澄江，抵达北固，登上金山，上演了一番"十八相送"。

而冒辟疆呢，一方面享受着美人的陪伴和众人的艳羡，另一方面则坚决拒绝将她纳入家门。董小宛也犯了倔，冒辟疆越是拒绝，她就越是不罢手。她那么娇滴滴一个女孩子，骨子里却倔强得很，认准的事九头牛也拉不回。冒辟疆走到哪，她就跟到哪，誓要死磕到底，

这可不是一路繁花相送，而是充满了心酸和惊险的路途，且不说沿途风波恶，光是冒公子骤然变冷的态度就够让小宛伤神的了，他找出了很多理由来拒绝小宛，潜台词没法说出口，

那就是小宛欠了一身的债。

　　小宛拖着病体回到了苏州，没多久又主动去追寻上京赶考的冒辟疆，这次更惊险了，路遇贼人，躲在芦苇丛里几天没吃饭，差点就饿死了。冒公子因为只中副榜心情很不好，又一次严词拒绝了她。

　　因为倒追的过程太过艰辛，连后世的读者都看不下去了，纷纷替董小宛抱不平，痛斥冒辟疆是渣男。这种指责未免太过火了，冒辟疆那时对董小宛并无深厚的感情基础，她骤然间以终身相许，他犹豫一下、纠结一下也在所难免。现代人动辄爱指责男人太渣，其实有时候那个男人并不渣，他只是不那么爱你而已。

　　关键时刻，还是钱谦益路见不平，拔刀相助，出钱出力为董小宛赎身，还亲自将她送到了冒家。钱谦益和董小宛并无多深的私交，他只是见不得美人被辜负，如此怜香惜玉，实在无愧于"风流教主"的称号。

　　如果说董小宛追求冒辟疆时靠的是一个"缠"字，那么她真正打动冒辟疆则靠的是一个"柔"字。冒辟疆赞赏她说，"姬最温谨"，她嫁进冒家后，温柔谨慎到了极点：她本来颇能豪饮，却因冒辟疆酒量不好，婚后就很少饮酒，而是陪他煮茶品茗；

一家人在吃饭时，她通常是侍立在旁的那个人，每顿就吃几根青菜两粒豆豉；冒家大娘子当了甩手掌柜，她却要操心一大家子的日常开支，逃难时还得负责准备散碎银子；冒辟疆逃难时生病了，她身披一卷破席，无微不至地照顾他，累得骨瘦如柴。正是依靠着这水滴石穿的柔情，她才慢慢地走进了他的心里。

他们结缡之后，有过一段静好的岁月。那时外面世道虽乱，冒家的深深庭院里，却仍然藏着难得的宁静。小宛不但温柔贤惠，更兼冰雪聪明，她做得一手好菜，"蒲藕笋蕨、鲜花野菜、枸蒿蓉菊之类，无不采入食品，芳旨盈席"，她做的醉蛤如桃花，醉鲟骨如白玉，虾松如龙须，至今民间仍流传着她创制的"董肉"（即虎皮肉）、"董糖"。她又善于调香，曾亲手制作百枚香丸，寒夜里燃上一枚，热香中仿佛有半开的梅花幽香，又仿佛带着荷花鹅梨香的甜蜜，静静地渗入鼻息，令人仿佛处于百花深处。

小宛于众花中独爱菊，有客人曾送冒辟疆名菊"剪桃红"，花朵繁密，枝条婀娜，小宛每天夜晚都高烧蜡烛，以白团扇四面合住，再将花摆放三面，自己摆张小座在花间，人在菊中，菊与人俱在影中。回首对冒辟疆说："人比黄花谁更瘦？"此情此景，淡秀如画，多年后仍令冒辟疆念念不忘。

　　小宛又最爱月亮，夏夜在花园乘凉时，她与幼儿诵读唐人咏月的诗，倚在小案几上，她总是多次移动座榻以使四面皆能受到月光。半夜回到屋里，她仍然推开窗让月光照在枕头席子上。她喜欢的咏月诗是李贺的"月漉漉，波烟玉"，从这偏好中可以看出她欣赏的是晚唐那种纤弱伤感的诗风。

　　对冒辟疆来说，小宛不仅是他温柔的侍妾，更是添香的红袖。他们每天共坐在画苑书圃中，同抚琴瑟，共赏茗香，评品人物山水，鉴别金石鼎彝，此情此景，真令人感叹只羡鸳鸯不羡仙。难怪冒辟疆追忆这段往事时，禁不住感叹说："余一生清福，九年占尽，九年折尽矣。"小宛则感叹说，她如同离开了火云，来到了清凉界中。

　　文为心声，我相信冒辟疆一定是爱过董小宛的，而且这份爱并不浅薄，所以我们在读到《影梅庵忆语》第三卷时，会深切地感觉到小宛是如此可爱、如此生动，因为那正是他带着深深的爱意来描摹的，每一个字都浸透了他对她的爱。

　　但爱又如何，冒辟疆是个很正统的人，这种人深受礼教的束缚，他再爱小宛，也只是把她当成一个小妾来宠爱，决不会越过这个度。像钱谦益和龚鼎孳那样视礼教为无物，将小妾当成正室夫人那样来对待，这样的行为在当时是饱受诟病的，或者可以说，像冒辟疆这样爱惜羽毛的人，重视声誉胜过美人，他决不会因为一个女人让自己落到被人唾骂的地步，归根结底，他最爱的还是他的面子。

所以当乱军攻入大难临头时，我们看到了难堪的一幕：逃难途中，冒辟疆一手携老母，一手携发妻，根本腾不出手来照顾董小宛，唯一能做的只是回头嘱咐她："你要快点走，跟在我后面，慢了就跟不上了！"小宛听了，只得跌跌撞撞地紧跟在后，还好她命大没走丢。

更难堪的是，当清军南下时，冒辟疆可能考虑到前面还不知有多少凶险，居然想将董小宛送到朋友家去，他的原话大意是："这次逃难，不像在家中，尚有人帮忙，而我孤身一人，家累甚重，与其到时顾不上你，不如先为你筹划。我有个朋友，侠义多才，想把你托付给他。以后如果还能相见，当重续旧好，如果见不到我了，你可以自行决定去留，不需要考虑我。"

不管这番话说得多么义正词严，都无法掩盖一个事实：大难临头之时，他终究还是做出了舍弃她的打算。因为她只是一个妾，而小妾，在那个时代往往等同于一样物品、一件小玩意，是可以随时丢掉的。小宛啊小宛，枉自温柔和顺，空云似桂如兰，到头来，分量却还是远远不及他的父母妻儿，最终还是头一个被放弃的。

小宛是如何反应的？她既没有哭，也没有闹，反而宽慰他说："你说得对，家中父母幼儿，自然比我重要百倍。我若能活下来，一定会等你回来，若有什么不测的话，当葬身于大海之中！"

她明明知道他的凉薄，却对他的凉薄抱以理解，并回报以不离不弃，这需要何等痴情。但是我想，在她说出那番话的时候，心里一定在隐隐作痛吧。好在冒辟疆的父母和妻子都舍不得小宛，在他们的规劝下，冒辟疆才打消了想将小宛送人的念头，但我觉得这是他这辈子的一大污点，而且很难洗刷干净。

薄命怜卿甘作妾，这句话用来形容小宛真是再适合不过了，她自从嫁给冒辟疆之后，就恪守着一个小妾的本分，心甘情愿地让自己低到尘埃里去，从未有过半点逾矩的行为，连痴心妄想都不敢有。她只想守在他身边，做他低眉顺目的小妾，在他想起她来时，发出一星半点微弱的光芒。

故事的结局从一开始就已经写好，他们之间的感情，起初就严重不对等。这样的爱先天不足，即使能在尘埃里开出花来，那花也太小太弱，经不起风吹雨打。

小宛在嫁进冒家九年后离世，年仅二十七岁。她很有可能是累死的，她拼尽全力想做一个无欲无求的侍妾，可是在她内心深处，未必不渴望能和冒辟疆举案齐眉、相敬如宾。对于一个女人来说，这种渴望几乎是与生俱来的。小宛的悲剧在于，她误以为自己强大到可以不需要回报，可事实上，她仍然只是个柔弱的女子，渴望被人珍重爱护，免得一世流离、无枝可依。

不知道她有没有意识到，那个她一辈子都奉为天神的男人，压根就配不上她的痴情，他只不过是个寻常男人，对她纵有真心，也越不过道德礼义。更无奈的是，那个年代的男人，普遍都配不上她的痴情，某种程度上她并没有更好的选择。

生命的最后关头，小宛留下了一首名叫《孤山伤逝》的诗：

孤山回首已无家，不作人间解语花。

处士美人同一哭，悔将冰雪误生涯。

做一朵人间解语花，原本就不是她的选择，她只是被命运逼至如此。这一生的遗憾已经无法弥补，如果有来生，我想她一定希望能够做某人清清白白的妻，和他生死相依、白头到老，至于那个男人是不是冒辟疆，倒真的不是很重要。

沈宛：雁书蝶梦皆成杳

一生一代一双人，争教两处销魂。

相思相望不相亲，天为谁春。

浆向蓝桥易乞，药成碧海难奔。

若容相访饮牛津，相对忘贫。

——《画堂春》

"一生一代一双人"，说起这句词，人们首先想到的是作者纳兰容若与他深爱的妻子卢氏。容若与卢氏，虽然只相守了短短数年，却因为夫妻恩爱，伉俪情深，成为人们心目中"一生一代一双人"的典型。

人们大多忽略了，尽管容若确实深爱着卢氏，但她并不是他唯一爱过的女子。只是那些女子，都被遮蔽在卢氏的光环下，比如沈宛。

沈宛，字御蝉，浙江乌程人，自幼受母亲教诲，著有《选梦词》。她是江浙一带闻名的才女，才名与艳名都冠绝一时，论才貌，应该远胜过纳兰的结发妻子，可惜的是，他们相遇的时间不对。

他们遇到的时候，纳兰容若刚刚三十岁，本应是风华正茂的年纪，可那时他还不知道，他离人生的终点已经近近很近了。

那是康熙二十三年，纳兰容若随康熙一起下江南，江南，不仅有草长莺飞的风景，更有烟视媚行的女子。李白游越地后念念不忘"镜湖水如月，耶溪女如雪"。容若此次南下，也倾倒在一位颜如玉的江南女子裙下。

"黄昏后。打窗风雨停还骤。不寐乃眠久。渐渐寒侵锦被，细细香消金兽。添段新愁和感旧，拼却红颜瘦。"沈宛的名字，容若早在朋友顾贞观等人的口里听说过，偶尔读到她流传至京师的词，更是觉得凄清哀婉，未免生了惺惺相惜之感。

那时，能和他倚窗吟和的妻子卢氏已经去世多年，续妻官氏和妾室颜氏又只是粗通文墨，容若在读过沈宛的词之后，忽然有了心动的感觉，恰好顾贞观返乡，他给好友写了一封信，叮嘱道："闻琴川沈姓有女颇佳，望吾哥略为留意。"

这里的"沈姓女"，自然就是沈宛了。这时容若已经知道自己翌年便会随康熙南巡，所以特意在信中拜托顾贞观，让他替自己去探访一下沈宛，看看她是否真如传闻中那样才色双绝。

顾贞观不负所托，亲自去沈宛处拜访，一见之后惊为天人，在给容若的回信中，他用"天海风涛之人"来形容这位才女。

容若知道好友素来眼高于顶，能得到他如此称誉实属不易。他对这位素未谋面的江南女子又多了几分好奇，于是在南下之前，又特意给顾贞观去了一封信说：

"吾哥所识天海风涛之人，未审可以晤对否？弟胸中块垒，非酒可浇，庶几得慧心人以晤言消之而已。沦落之余，方欲葬身柔乡，不知得如鄙人之愿否耳？"

在信里，容若用"天海风涛之人"来代指沈宛，"天海风涛"一语，出自李商隐《柳枝五首》序："柳枝，洛中里娘也……

生十七年，涂妆绾髻，未尝竟，已复起去。吹叶嚼蕊，调丝撅管，作天海风涛之曲，幽忆怨断之音……"

　　容若在这里用到了"天海风涛"的典故，是借此来暗示沈宛的身份。沈宛和柳枝一样是位歌女，同样才艺出众、精通音律，她吹奏的乐声就像天风海涛一样悦耳动听。关于沈宛的这一身份，容若在诗词中曾多次提及，他曾用"扫眉才"来称呼她，又说她是"枇杷花底校书人"，这正是将沈宛比作唐时名重一时的歌妓薛涛。

　　如此看来，沈宛对容若的吸引力，更多的是在于她的才情而非美貌。这些年来，他是太过于寂寞了，朋友之间再亲密，也取代不了爱情，所以他渴望着能有一个聪慧可人的女子，能够让他暂且忘却伤痛，缓解他深入骨髓的孤寂。

　　容若随康熙下江南时，在顾贞观的精心安排下，他和沈宛见面了。于容若来说，这次会面并没有让他失望，其时正是初秋，他却在面前这个怀抱琵琶的女子身上，看到了整个江南明媚的春天。

　　沈宛，就是一个从江南水乡中走出来的女子，冰雪为肌，秋水为神，即使坐在那里不动，也美得像一首宋人小令。而小令，正是容若最钟情的文体。

于沈宛来说，她早就听说过容若的才名，熟读过他的《饮水词》。初次读到"谁念西风独自凉，萧萧黄叶闭疏窗"时，她也曾和柳枝一样，顿时惊坐而起，掩卷长叹："谁人有此？谁人为是？"是什么样的人，才能有这般的深情？是什么样的人，才能写出这样的词句？

对于那个时代的人来说，因为一首诗、一句词而生出对一个人的倾慕，是再自然不过的事。早在见面之前，容若和沈宛，就已经通过彼此的诗词，认取了对方的灵魂。等到相见，只不过是再次确认罢了。

"就是她了。"

"就是他了。"

当他们见到对方的第一眼，几乎就在心中确定了答案。他和她，都想给自己一个机会，一个告别昨日、重新开始的机会。容若是想借沈宛来确认一下，自己是否还能够再拥有爱情。沈宛呢，则是将容若看成了一个不错的归宿。

在那个时候，名妓最爱的不是豪客，不是大官，而是才子名士。秦淮八艳中，李香君、卞玉京、董小宛等人与明末四公子之间的爱情佳话，是被青楼中人艳羡的。受这种风气影响，沈宛会垂青于容若，当然是一点也不奇怪的。

容若在年纪轻轻的时候，已经经历了太多的失去与告别。难怪他要在诗中感叹"予生未三十，忧愁居其半。心事如落花，春风吹已断"，在旁人看来，他还是如此年轻，只有他自己知道，他已经活得有些意兴阑珊了。

这样的容若，还能像年少时那样倾其所有去爱一个人吗？

而沈宛，又是否能以她的柔情，去消尽他胸中的块垒？

容若是旗籍，沈宛是汉籍，旗汉不通婚，迫于压力，他无法光明正大地娶她进门，只得将她带到京城，在外面置了一处宅子，将她安顿在那儿，不时去和她相会。

他的朋友陈见龙还为此填了一首《风入松》，题目就叫"贺成容若纳妾"：

> 佳人南国翠蛾眉。桃叶渡江迟，画船双桨逢迎便，希微见、高阁帘垂。应是洛川瑶璧，移来海上琼枝。
>
> 何人解唱比红儿，错落碎珠玑。宝钗玉臂樗蒲戏，黄金钏、幺凤齐飞。潋滟横波转处，迷离好梦醒时。

　　从这首词中可以看出，沈宛的才情美貌，并不输于卢氏。卢氏有一对顾盼生辉的剪水双瞳，沈宛也有着类似的潋滟横波。卢氏工音律，能弹古琴，沈宛则擅琵琶，能歌善舞，歌声动听如大珠小珠落玉盘，舞姿轻盈得像花间穿梭的小鸟。

　　除此之外，她还冰雪聪明，能诗会画，可以说是容若理想中的女子了。对这样一个女子，容若应该是喜爱的，所以他才会不顾父亲的反对，偷偷迎娶了她。平时他公务繁忙，家中也有妻妾，可他一有时间，就会跑到她住的地方去看她，他有一组题为《艳歌》的诗，可能就是为沈宛而写的：

　　　　红烛迎人翠袖垂，相逢常在二更时。
　　　　情深不向横陈尽，见面消魂去后思。

　　　　欢尽三更短梦休，一宵才得半风流。
　　　　霜浓月落开帘去，暗触玎玲碧玉钩。

　　　　洛神风格丽娟肌，不见卢郎年少时。
　　　　无限深情为郎尽，一身才易数篇诗。

　　他们的见面，常常是在夜深人静时。沈宛的身份，连妾都算不上，只能算个外室，因此他们之间的相晤就像情人幽会，因为那份禁忌感，而显得格外隐秘而珍贵。他常常是夜半来，天明去，如此匆忙，只能拥有半宵风流，但已经足够他在漫长的一天里细细回味。

　　沈宛的出现，给他几近灰暗的生活抹上了一层华彩。遇见她之后，容若也曾以为找到了可以消解烦恼的柔乡，在一首《金缕曲》中，他写道："但有玉人常照眼，向名花、美酒拼沉醉。天下事，公等在。"照词意看来，他是一心想遁入沈宛的温柔乡里，在名花美酒的相伴中沉醉一生，至于那些令人烦扰的天下之事，就交给衮衮诸公吧。

　　这话说得潇洒，可熟悉容若的人都知道，他是远远做不到的。容若的痛苦之处就在于，他活得太清醒了，再美的人、再醇的酒也麻醉不了他的神经，他嘴里说着想逃避，实际上选择的却是直面自己的苦痛，实际上，他宁愿清醒地痛苦着，也不愿意麻木地快乐。真正让他沉溺的，不是名花和美酒，而是往事和梦乡。

　　如果能早早地遇上沈宛，他的身上还没有背负那么多的东西，也许他们会轻轻松松地相爱。可惜的是，他们相遇得太晚了，那组《艳歌》里，他感叹说"不见卢郎年少时"，不无相见恨晚的遗憾。容若以卢郎自比，是谦虚的说法。他才刚到而立之年，远远称不上老，可他自觉心已苍老，再也没办法像年少时那样浓烈地去爱一个人了。

"自恨妾身生较晚，不见卢郎年少时"，这应该也是沈宛的心声吧。爱情是需要时机的，最理想的，莫过于在对的时间里遇到对的人，最遗憾的则是，在错的时间里遇到了对的人。不是他不好，也不是她不好，他和她，都是很好很好的人，可惜相遇的时间不对，她来晚了一步，他已经提前花光了所有的力气。

对于有些人来说，爱情仿佛是没有限额的，他们可以无休止地恋爱，每一次恋爱都像第一次那样投入。对于另外一些人来说，爱情则是有限额的，他们在用完爱情的额度之后，就再也没有能力去爱一个人了。毫无疑问，容若是属于后面这类人。如果说爱情是一场熊熊大火，他已经被燃烧得只剩下灰烬了，偶尔那灰烬中还有火光闪现，但终究是会冷却下去的。心已成灰，所以才会"醒也无聊，醉也无聊"吧。

他们在一起，加起来不过短短数月。相处到后来，一种深深的无力感逐渐在他们之间弥漫。

　　这时容若已快接近于生命的尾声，对什么都打不起精神，他唯一的一点力气，都用在回忆和思念上了。偶尔不那么悲伤的时候，他也会竭尽所能对沈宛好，为她修缮居住的地方，给她买来精巧的小玩意，陪她饮酒作诗，为她画眉簪花。但更多的时候，他无法控制住自己的情绪，只能放任自己一味地伤感。

　　对着这样的容若，沈宛也深感无力。她的无力，在于她发现自己根本给不了容若任何安慰。她为他洗手作羹汤，烹制精美的江南小菜，为他唱曲跳舞，想用她的娇声软语、轻歌曼舞来让他笑一笑，可最终却绝望地发现，这一切都只是徒劳。他即使是在笑的时候，眼睛里也有着浓得化不开的忧伤，他那样勉强的笑容，只不过是为了敷衍她而已。他有时和她说着说着话，突然之间就会怔怔出神，不知在想些什么。

　　"电急流光，天生薄命，有泪如潮。勉为欢谑，到底总无聊。"读到他这样的词，沈宛头一次感到，她也许并不真正了解眼前这个人，他拥有得那么多，为什么却偏偏以"薄命者"自居呢？以前读《饮水词》时，她还不认识他，却觉得他离自己那么近，现在，他成了自己的枕边人，却觉得他离自己那么远。

　　她无法再假装满足于他偶尔的温存，很多年后，当她回想起和他在一起的时光时，发现自己竟是那样不快乐：

雁书蝶梦皆成杳，月户云窗人悄悄。记得画楼东，归骢系月中。

醒来灯未灭，心事和谁说。只有旧罗裳，偷沾泪两行。

——《菩萨蛮·忆旧》

月上柳梢头，人约黄昏后，在如水的月光下相会，本来是件多么欢乐的事，只恨相聚的时光太过匆匆，他只能在她居住的画楼稍作停留，就立刻又得转身离开。只留下她一个人，对着孤灯独坐，满腔心事无人可以诉说。泪水悄悄地滴落在罗裳之上，在日复一日的等待中，她一天比一天瘦了。

感情里最怕的就是无能为力，一段感情，如果两个人都备感无力，最终只能劳燕分飞。

沈宛看似柔婉，骨子里却很有主见，既然得不到她想要的爱情，她宁愿全部舍弃。"枝分连理绝姻缘"，能够写出这般词句的女子，对待感情的处理方式定然不会太过拖泥带水。

仅仅在京城待了一个冬天，沈宛就走了，回了南方的老家。她本是盛开在江南的一株桃花，哪里能适应北地的风沙，理应回到江南与春天相伴。

"无限深情为郎尽，一身才易数篇诗。"李商隐在与柳枝失之交臂后，一口气写下了五首《柳枝》诗，容若在沈宛走后，也写下了几首思念她的诗词，其中就有那首著名的《临江仙·寒柳》：

> 飞絮飞花何处是，层冰积雪摧残，疏疏一树五更寒。爱他明月好，憔悴也相关。
>
> 最是繁丝摇落后，转教人忆春山。湔裙梦断续应难。西风多少恨，吹不散眉弯。

《饮水词》名满天下，不少人却独推这首《临江仙》为全集压卷之作。陈廷焯在《白雨斋词话》中就说，整部纳兰词中，他最爱的就是这首《临江仙》，认为此词言之有物，令人感激涕零。

"疏疏一树五更寒"，这株被层冰积雪摧残过的寒柳，多么像备经命运磨折后的容若。"爱他明月好，憔悴也相关"，这无私普照的皎洁明月，又多么像无私爱过他的女子，哪怕相逢时他已是憔悴支离，她却仍然如明月一样，将清辉照在他身上。

"渭裙梦断续应难"，用的又是柳枝的典故，柳枝曾和李商隐相约，三天后当涉水渭裙来会。容若与沈宛，也像李商隐和柳枝一样，终是有缘无分，落得好梦难续。"西风多少恨，吹不散眉弯"，留给他的，只有空余恨了。

这首词中所指的究竟是何人也是有争议的，但我猜测应该是为沈宛而作，"疏疏一树五更寒。爱他明月好，憔悴也相关"，这样的词句，只可能作于容若生命后期，依他早年的风流俊赏，如果以柳树相比，也不应该是萧疏的寒柳而是繁茂的春柳。

对于沈宛，他始终抱有一种歉意和怜惜。可歉意代替不了行动，怜惜也不是爱情。沈宛的无限深情，换来的也只不过是容若数首满含歉意的诗词而已。

沈宛离开的时候，正是桃花初开、柳丝渐长的时节。关于离别时的光景，容若曾在词中写道"记得别伊时，桃花柳万丝"，春光如此美妙，本应是相依相偎、共赏春景的时候，他却只能眼看着她离去，任由青衫湿遍、孤枕独眠。

沈宛走的时候，他并没有过多地挽留，因为他知道，他给不了她真正想要的东西，名分和爱情，他都没有办法给她，既然如此，又何必强留她在身边受苦。

尽管如此，当她真正走了之后，他偶尔还是会记挂起她，这个来自江南的女子，回到老家乌程之后，是否已经放下京城的一切，这首不大为人所知的《遮方怨》，应该就是作于此时：

> 欹角枕，掩红窗。梦到江南伊家，博山沉水香。
> 浣裙归晚坐思量。轻烟笼浅黛，月茫茫。

"梦到江南伊家"，从这句可以得知，他想念的人远在江南，江南和京城，隔着重重关山，他唯有在睡梦之中，才能与伊人相会。可即便是在梦中，他也不敢打扰她宁静的生活，只能看见她静坐在香雾缭绕中，若有所思。"轻烟笼浅黛"，梦中的她看上去还是那样不快乐，眉目间笼着烟雾般的淡淡忧愁。

一场错恋，伤害的是两个人。沈宛是带着遗憾走的，留在京城的容若又何尝好过。原本想着能借她的柔情来冲淡自己的忧伤，结果反而让这忧伤变得更浓了，另外还多了份对沈宛的牵挂和歉意。

沈宛走后没多久，容若在病床上整整躺了七天七夜，终因病情沉重而去世，年仅三十一岁（虚岁）。那一天，正是五月三十日，八年前，他深爱的妻子也是在这一天过世的。可能是上天被容若的痴情所感动，所以才特意安排他们在同一天离世。

不知道沈宛听闻这样的消息后，会不会肝肠寸断。她对他，又能否做到像他词中所写到的那样"终不怨"呢？

关于沈宛的下落，找不到任何记载。有人说她在容若身故后，生下了一个遗腹子，取名为富森。这个遗腹子富森，至少在有关容若的正史中并未记录。

大多数喜爱容若的读者却宁愿相信，确实有这样一个遗腹子存在，仿佛因为他的存在，就能让沈宛和容若之间更多一些联系。沈宛，这个不曾得到过纳兰家族承认的女子，却在数百年之后，得到了千千万万纳兰迷的认可。他们和容若一样，是真心怜惜着她的，但是怜惜，从来都代替不了深爱。

张充和：十分冷淡存知己，一曲微茫度此生

　　1968 年春，哈佛大学的音乐厅里迎来了一场特殊的演出，台上的演出者轻舒水袖，在清亮的笛声中浅吟低唱，仿佛将这异国的舞台当成了自家的后花园，而她，在这一瞬间已化身为满腹情愁的妙龄女尼，幽幽地叹息着："小尼姑年方二八，正青春被师父削去了头发……我本是女娇娥，又不是男儿郎……"

　　台下坐着的观众中有一位祖籍安徽的中国学者，去国离乡已许久的他骤然被这曲声击中，挥笔写下了一首七绝：

一曲《思凡》百感侵，

京华旧梦已沉沉。

不须更写还乡句，

故国如今无此音。

联系到六七十年代那场持续了十年的文化浩劫，就会知道
"故国如今无此音"的感叹中蕴含着多少沉痛，听曲的人已经
孤悬于海外多年，他从来没有想到过，居然会在遥远的异国他
乡，听到如此正宗、如此缠绵悱恻的故国之音。

听曲的人正是时任哈佛教授的余英时，唱曲的人则是张充和。

张充和，"合肥四姐妹"中最小的四妹，和她的三位姐姐
一起并称为"最后的闺秀"。张家的四个女儿，名字里都有"两
条腿"（指她们的名字部首里都含有一个儿字），充和这两条
腿走得最远，一直走到了大洋彼岸，她嫁的是个德国人，生活
得最久的地方是美国，教的都是些外国学生，可即便如此，她
仍然是个地地道道的中国闺秀，就像她的丈夫傅汉思评价的那
样："代表着中国传统文化中最精致美好的那部分。"

合肥张家是当时引人注目的名门世家，充和的曾祖父张树
声曾是淮军将领，官至两广总督。到了她父亲张武龄这一代，

仍然可以倚仗祖宗的余荫，一大家子生活得舒适体面。

充和家里有十兄妹，和其他孩子不一样的是，她刚出生不久就被叔祖母领养了，在合肥老家一直生活到十六岁。父亲张武龄在苏州创办乐益女中，姐姐们读的都是新式学校，而充和五岁就入私塾，每天所学的功课都是最传统的诗词歌赋、琴棋书画，这注定了她比几个姐姐对传统的这些事物更亲近些。诗人卢前说她"从小跟奶娘长大的，一切生活方式都属于闺阁式的，爱梳双鬟，爱焚香，爱品茗，常常生病，多少一些林黛玉的样儿"。

合肥龙门巷的一所大宅院，是充和度过童年和少女时光的地方，书楼前种着两棵高高的梧桐树，春夏之际，一院子的清荫。充和就在梧桐树的清荫下跟着老师念诗、描红、学习古文，书法兼古文老师朱谟钦是吴昌硕的弟子，他教她古文会耐心解释，并不主张一味背诵，他还费尽心思找来《颜勤礼碑》的拓本给她练。充和很感激这位朱先生，后来特意给领养的女儿取名叫"以谟"。

没有兄弟姐妹的陪伴，在叔祖母膝下长大的充和是有些孤单的，她说"我比一切孩子都寂寞"。这个寂寞的女孩子，自然而然地将诗书字画当成了最好的闺中伴侣，她自述说："我时常会找朋友，向线装书中、向荒废的池阁、向断碣残碑中去找朋友，它们会比这个世界中的朋友叫我懂得更多的东西。"

民国正是一个新旧交替的时代，许多人都迫不及待地想蜕变成一个全新的人，曾有朋友对充和说："什么时候我跳到一个全新的世界里去。"充和却说："我要回到更旧的世界里去。"

这种"守旧"甚至导致了她和他人乃至世界的冲突。一次在苏州的家里，二姐允和给她取了个新名字叫"王觉悟"，还将这三个字绣到了她的书包上，她很不喜欢这个名字，驳斥说："哪有人改名字连姓都改了的？"允和哑口无言，只得哭着将辛苦绣上的三个字拆掉了，也是从这件事开始，姐姐们发现这个小妹尽管看上去安静随和，实际上很有主见。

也是在苏州，充和开始接触昆曲，张家一家人都是昆曲迷，父亲张武龄特地请来昆曲名角尤彩云来教孩子们唱戏。张家姐妹中，元和入戏最深，后来竟嫁给了昆曲小生顾传玠，允和最喜欢闹着玩，常常演些春香、红娘之类的快嘴丫鬟。充和呢，一开始只是将昆曲当成"玩儿"，她不喜欢登台表演，只爱一个人在拙政园的兰舟中清唱，喜欢的是那份清雅，多年以后，她还很怀念这段"倚舷独唱《牡丹亭》"的时光，并将之写进了诗里。

二十一岁这年，充和瞒着家人报考了北京大学，怕考不上用了化名"张旋"。数学她交了白卷，幸好北大校长胡适慧眼识英才，破格录取了这位国文满分、数学零分的女学生。充和考上北大的新闻轰动一时，还登了报，报纸上称她是"北大新生中的女杰"。

这位女杰才念了一年北大就休学了，一来是染上了肺病，二来是受不了当时大学没完没了的政治集会。

彼时正是战乱年代，之后她随姐姐们辗转云南、重庆等地，跑过警报，躲过轰炸，还经历过亲人的殇逝，但她仍然尽可能不失优雅地活着。充和有一样本事，不管处于什么环境中，她总能为自己营造一方清幽绝俗的小天地，外界再动乱，她的内心始终是安定的。

在云南呈贡，她临时借住的云龙庵成了著名的文化沙龙，作家冰心、诗人陶光、古琴名家查阜西、茶人郑颖孙都是云龙庵的座上客，他们在一起品茗论诗、抚琴拍曲。她还写过一首《云龙佛堂即事》来描述这种雅集之乐："酒阑琴罢漫思家，小坐蒲团听落花。一曲潇湘云水过，见龙新水宝红茶。"

充和有一张很有名的照片就是拍摄于此时，照片里，她梳着麻花辫，身着一袭素色旗袍，斜坐在草编蒲团上，手靠着一张长桌，看上去很是清雅不俗。只有眼尖的人才会发现，那张桌子其实只是一块长板架在四个汽油桶上。这张照片正是"小坐蒲团听落花"的绝佳注解。

在重庆时，她认识了沈尹默、章士钊等名士，并师从沈尹默学习书法。沈尹默很欣赏这位女弟子，说她是"明人学晋人书"，评价得很妙，充和其人其书，都有一种旧时的古意。战火也烧到了重庆，但充和仍然坚守着自己的生活方式，不爱表演的她毅然登台义演，一曲《刺虎》惊艳了山城，也激励了军心，她连演了六遍，到最后累得口吐鲜血。哪怕是经常要跑警报，她仍然坚持练字，防空洞就在桌子旁边，她端立于桌前，一笔一画地练习小楷，警报声一响，就迅速钻进洞中躲避。

当时才貌双全的女子是有很多人追求的，充和的三姐兆和念大学时收到的情书编号都编到了 70 号以上。在长相上，这对姐妹比较相似，兆和有"黑牡丹"之称，充和也肤色稍黑，给朋友的信里自称"阿黑"。但她们气质完全不一样，兆和质朴清新，充和则恬静秀雅，她的气质完全是传统仕女式的，张大千专门为她画了一幅仕女图，图中的充和身姿轻盈，似乎要乘风而去，即使她年华老去后，耶鲁学者孙康宜还说她长着一张仕女脸。

　　这样的充和，年轻时的追求者自然不比兆和少。她未嫁时，大多时候跟着兆和与沈从文一起生活，于是乎，很多年轻的文人学者都在沈家频繁地出出进进，很多人都是醉翁之意不在沈公，而在于充和身上。这其中有诗人陶光、曲友方先生等，最著名的还是卞之琳。

　　卞之琳和充和认识多年了，也有一定的交情，苏州的太平山、云南的昆明都留下了他们一起出游的足迹，在太平山，他们还合过影，照片里充和笑靥如花，卞之琳略微有点严肃。这正像他们之间的关系，一个男人再才华横溢，在他一心倾慕的女子面前总是有些不自信、有些紧张的。

　　"你站在桥上看风景，看风景的人在楼上看你。明月装饰了你的窗子，你装饰了别人的梦。"卞之琳的这首诗，据说就是为充和所写的，充和对于他来说，就像窗外的明月光，可望而不可即，认识她之后，这个被闻一多夸赞从不写情诗的诗人，也开始在诗中抒情。

　　卞之琳对充和可以说是一往情深，凡是充和喜爱的事物，他都会爱屋及乌。他本来不听传统戏剧的，可在听了充和唱曲后，就从此痴迷上了昆曲，常常去听她和曲友拍曲。他本来是写新诗的，却一心一意搜集充和写的古体诗词，还特意梓印成书，再寄给她。

遗憾的是，他不是充和那杯茶，她自始至终都对他淡淡的，和他只是平淡如水的君子之交。她不喜欢他那种敏感孤僻的诗人性格，平常不太敢招惹他，生怕一惹他，就会惹出诗人的似火热情来。

卞之琳一直到四十五岁才结婚，而充和直到三十几岁还待字闺中。身边的人都急了，只有她不急，到后来，大家都以为她这辈子可能就要孤独终老了，没想到她迅速就把自己嫁了，而且嫁的还是个洋人。

这位洋人叫作傅汉思，是位德裔美国人，比充和小三岁，原本有个德国最常见的名字"汉斯"，"汉思"据说是充和给他改的。傅汉思钟爱中国传统文化，可以想象，当他见到充和时，这位宛如从古诗词中走出来的中国仕女，带给他怎样的冲击。而充和也欣赏汉思的单纯开朗，这种性格在她的同胞中并不多见。

后来有人问充和："他追过你吗？"充和笑道："谈不上追呢。"也有人问傅汉思："你们之间是谁追谁？"他也笑着说："这个不好说。"

总之两人不知不觉就走得越来越近了，发展到后来，傅汉思一进沈家，沈从文的小儿子虎雏就会喊他："四姨傅伯伯。"
他故意将音断得像"四姨父，伯伯"，一家人都被他逗笑了。

那年夏天，沈家一家人受邀去颐和园霁清轩小住消暑，充
和与傅汉思也一同去了。他们徜徉在林间湖畔，看天光云影，
听清泉淙淙，两颗心渐渐贴近了。充和甚至生平第一次下厨，
沈从文在给兆和的家书中，就写到了"天才女割洗烹鱼头"，
天才女指的正是充和。

充和嫁给傅汉思时，已经三十五岁了，他们的婚礼简单而
庄重，只是小范围内宴请了亲友，四姐妹中，只有她嫁的是洋
人，傅汉思非常钟爱妻子，甚至将研究的方向从希腊文学改成
了中国古典文学，在他眼里，充和代表着中国文化中最精致典
雅的那部分，令他倾倒不已。

正因为嫁给了傅汉思，所以充和才没有多加犹豫就选择了随
夫君一起远渡重洋，那是 1949 年，整个中国都在发生翻天覆地
的变化，充和登上个顿将军号时，连衣服都没带几件，却舍不得
丢下她随身带着的一方古砚、一盒古墨和查阜西送她的古琴。

谁都没有想到，这一走就是几十年，张家十兄妹数十年内
天各一方，大姐元和去了台湾，其他弟妹留在大陆，充和则去
了美国。

更没有想到的是，留在国内的亲友们一个个倍受冲击，二姐夫周有光被下放到农场，三姐夫沈从文一度被迫去扫女厕所，老师沈尹默倍受迫害后在忧愤中病逝。

充和刚到异国的日子也不大好过，美国生活压力很大，他们所赚的钱仅够维持基本开支，连新鲜的果蔬都吃不起，充和在给弟弟的信中说，儿子（充和终身未育，收养了一儿一女）小达最大的心愿就是能吃上一棵完整的生菜，可见困窘到了什么程度，充和为了一家人的生活，甚至忍痛以一万美金的价格卖了带出去的十方墨。

好在充和还是那样恬淡平和，她做过很长一段时间的主妇，相夫教子、操持家务之余仍然挤出时间来练字、画画、拍曲、莳花弄草。她会在凌晨四点钟就起来练字，在孩子睡着时写首小诗，白天则一边做家务一边唱曲子，扫地拖地板时唱稍短点的《刺虎》《断桥》，做耗时较多的活则唱细曲子如《牡丹亭》。因为沉迷唱曲，也发生过烧煳了菜的事，她在结婚二十年时写过一首小诗赠傅汉思：

　　三朝四次煳锅底，锅底煳当唱曲时。何处夫君堪此事，廿年洗刮不颦眉。

有人好奇她在家务如此繁重的情况下怎么还能做这么多事，她的回答是："唯忙者能乐此，不忙者唯有此不乐也。"

在书法和昆曲之中，充和确实能享受到无穷的乐趣，她最爱的一句唱词是杜丽娘所唱的"一生爱好是天然"，照她的理解，这个好字应该念三声，意为美好的事物。这种解释真是妙，她的弟子陈安娜认为，对于充和来说，喜欢美好的事物就是她与生俱来的天性，"她爱写好字、作好诗、唱好曲子，爱大自然，爱小孩子，爱花花草草，爱收藏小小物件，爱漂亮的瓶瓶罐罐。她还说'我一生就是爱玩'。"

而在很多人的心目中，张家的这位四小姐本身就是美好的化身，充和随夫定居耶鲁之后，越来越多的人爱环绕在她身旁，充和喜欢亲近美好的事物，人们则喜欢亲近她。她在耶鲁所住的小楼又一次成为文人曲友们的聚集地。充和将自己的房子戏称为"也庐"（谐音耶鲁），随之成立了一个"也庐曲会"，偶尔和同好们举行昆曲雅集，拍曲互和，以乐终日。她亲自莳弄的小园里，种着来自故乡的香椿、翠竹、芍药，芍药花开得生机勃勃，张大千曾对着这丛芍药，绘出一幅幅名画。

傅汉思爱把充和比作梅花，这株来自中国江南的梅花，移植到大洋彼岸后，依然疏影横斜、暗香浮动，许多人因此闻香而来。充和再不是那个只爱在兰舟上一人唱曲的闺房小姐了，她比谁都希望那些自己痴爱了一辈子的事物能够传承下去，所以她到处登台去唱昆曲，足迹遍布了美国的名校，二十六年里曾到二十三所高校演出，她的学生里，居然还有比尔·盖茨的继母咪咪·盖茨。尽管她总是自嘲说"三千学子皆白丁"，可这些洋学生正是由于她，才间接地爱上了中国的传统文化。与其说他们爱着的是昆曲、是书法，不如说他们爱慕的是她本人。

"十分冷淡存知己，一曲微茫度此生"，充和的知己已遍布了大洋内外，她担心的是，那一曲微茫（这里指昆曲）能否长长久久地传下去。

越到后来，充和越是思念故土。她总是怀念少女时，和姐姐们一起在太湖石旁、在芭蕉影里唱曲。"不须百战悬沙碛，自有笙歌扶梦归"，20世纪80年代末，为纪念汤显祖诞辰三百周年，她回国和大姐元和演了一出《游园惊梦》，终于一圆夙梦，姐妹俩的一张剧照，被俞平伯评为"最蕴藉的一张剧照"。

晚年的充和，不顾年老体衰，不止一次往返于中国与美国之间。第一次回苏州九如巷时，她迫不及待地让人从老家的古井里打上一桶水，尝了一口后感叹说："真甜啊！"2004年秋，充和与晚辈们一起到苏州怡园拍曲，那一年，她已经九十一岁了，一开口，仍然如《牡丹亭》里的杜丽娘附体："没乱里春情难遣……"她只要一唱曲，就会让听曲的人忘记她的年龄。离开时，她紧紧攥住晚辈们的手不肯松开，泪如雨下。这是她最后一次回苏州，之后她的身体状况已不允许她长途奔波。

十一年后，充和在美国的寓所里溘然长逝，病重时，她的记忆已经有些混乱了，在身旁伺奉她的弟子陈安娜和她有这样一段对话：

"汉思在哪里？"

"汉思啊，汉思在加州。"（傅汉思早已于 2003 年去世）

"你在哪里呀？"

"我在苏州。"

苏州啊苏州，那才是她真正想了一辈子、念了一辈子的地方。如果人真的有灵魂的话，我相信，她的灵魂一定会飞过茫茫的太平洋，飞回遥远的九如巷，那时，她还是个红颜少女，在拙政园的兰舟里，斜倚着船舷，无限缠绵地唱道："原来姹紫嫣红开遍，似这般都付与断井颓垣……"

她把美好留在了人间。

第四章

临江仙

落花人独立

微雨燕双飞

叶嘉莹：莲实有心应不死，人生易老梦偏痴

朋友问我，要让小朋友爱上唐诗宋词应该去看看谁的书，我不假思索地回答："叶嘉莹。"说起来，我们这些喜爱古典文学的，谁没有读过叶嘉莹的书呢，从这个角度来说，她是我们共同的先生，我们则都是她的私淑弟子。

对于很多人来说，叶嘉莹充当的是一个启蒙者的角色，在她的引领下，我们充满好奇地进入了一个新的领域，那里繁花似锦满园春色，越往深处走，就越是美不胜收。叶嘉莹所说的诗词，多半都是人们耳熟能详的，只是通过她的解读，那些熟

悉的诗句才突然焕发出全新的美感，我们这才发现，原来简简单单的一句诗，居然蕴含着那样千回百转的心思，那样缠绵细腻的情致。在她的启蒙下，我们重新发现了诗意，重新发现了古典之美，甚至重新发现了深藏在自己内心的深情。

有些人嫌她解说诗词太过细致，笑她是"老妪说诗"，我却始终感激她，进而理解她的一片苦心——她生怕现在的年轻人读不懂、不爱读诗词，所以才不厌其烦地解说。再说说得细一点还是有好处的，毕竟很多人连《红楼梦》都快读不懂了。

我是很喜欢读她的书的，书里说的不只是诗词，更融入了她对人生的全部见解。我总是想，该拥有怎样一颗玲珑剔透的词心，才会将诗词解读得那样细腻入微呢？因为喜欢读她的书，我才开始去了解她的人生。

说到叶嘉莹和诗词的缘分，绕不过两个人，一个是她的伯父，另一个则是她的老师顾随。

叶嘉莹出生在农历六月，正是荷花盛开的季节，因此小名就叫作小荷子。叶这个姓可不简单，是"叶赫那拉"的简化，清朝的慈禧太后以及词人纳兰容若（纳兰是那拉的另一种译法），都属于叶赫那拉氏，叶嘉莹曾在自述诗中不无骄傲地宣称"我与纳兰同里籍"，对诗词的爱好兴许已变成了叶赫家的一种文化基因，借同一血脉传了下来。

叶嘉莹从小在北京西城区察哈胡同一个四合院里长大，学者邓云乡曾是这里的常客，在他的印象里，一进院子就感觉到的那种静宁、安详、闲适的气氛，半个多世纪后一闭眼仍然如在眼前，他还记得，"一位和善的老人，坐在书案边，映着洁无纤尘的明亮玻璃窗和窗外的日影，静静的院落……这本身就是一幅弥漫着词的意境的画面。"

"庭院深深深几许""斜阳院落晚秋天""寂寞空庭春欲晚"……在那个宁静的院落降生的叶嘉莹，自幼就熟悉了古诗词中的种种意境，一颗词心正是在这样的环境中熏陶形成的。

邓云乡提到的那位老人就是叶嘉莹的伯父叶廷乂，他精通医术，旧学修养深厚，很喜欢这个冰雪聪明的小侄女。伯父酷爱吟咏，叶嘉莹尚在牙牙学语时，就跟着伯父咿咿呀呀地学念诗，稍通人事，便对着庭院里的花花草草学作诗，伯父亲自教她平仄声律，并为她修改诗作。小女孩没什么人生阅历，能写的无非是窗前的芭蕉、雨中的梧桐、墙下的鸣蛩等，十五岁那年，叶嘉莹曾经将一丛绿竹亲手移植到自己的窗前，随即写下了一首《对窗前秋竹有感》："记得年时花满庭，枝梢时见度流萤。而今花落萤飞尽，忍向西风独自青。"

伯父和父亲虽教她读唐诗，却从未教过她读词，初中时，母亲送她一套《词学小丛书》，其中收录了纳兰容若、李后主等人的词。一翻开《饮水词》，从开篇第一首《忆江南》"昏鸦尽，小立恨因谁？急雪乍翻香阁絮，轻风吹到胆瓶梅，心字已成灰"开始，那流利的声调，那真切的情感，就一下子将她吸引住了。

词是最精致婉约的文体，和诗相比，词显然更契合叶嘉莹的心性与气质，她后来的主要成就也是在词的创作和解读上，而这一切，都源自她十几岁读到的那一卷《饮水词》。只是那时她还年少不知愁，要过很多年以后，才能明白什么是真正的"心字已成灰"。

叶嘉莹在诗词路上遇到的第二个贵人是老师顾随。那时她刚考入辅仁大学，这所学校设立在恭王府内，红墙绿瓦，曲院回廊，花木扶疏，走在校内如在画中游。大二那年，她的课堂上走来了一位讲唐宋诗的先生，他相貌清癯，一袭长衫，讲起课来信手拈来，学贯中西，他就是被称为苦水先生的顾随。

顾随讲诗词，从不拘泥于课本，而是天马行空，旁征博引，任意一句诗词都可以连续讲上数小时，同时融入了自己对于人生的理念。比如他批评姜夔，说他太重修饰，好比一个人总是穿着白袜子不沾泥，总是自己保持着清白、清高，这样的人比较狭窄自私，遇事不肯出力，为人不肯动情。

"余虽不敏，但余诚也"，这是顾随的口头禅，也成了叶嘉莹奉行一生的宗旨，她不管做什么事，都会诚诚恳恳，能使十分力的决不只用九分，而顾随将人生感悟融入诗词解说中的授课方式也对她影响极大。

当顾随在台上随意发挥时，不知道他本人有没有注意到，有一位女学生正在台下专心致志地记着笔记，恨不能将他的每句话都原原本本地复制下来。许多人视叶嘉莹为引路人，而她则视顾随为引路人，她说："自上过先生课以后，恍如一只被困在暗室之中的飞蝇，蓦见门窗之开启，始脱然得睹明朗之天光，辨万物之形态。"

而顾随也十分器重爱护这位勤奋聪敏的女弟子，在看过她的习作后，他评点说："作诗是诗，填词是词，谱曲是曲，青年有清才若此，当善自护持。"师生之间互相唱和，顾随不仅视叶嘉莹为传法弟子，更引她为知音。有一次，顾随在课堂上讲到了雪莱的《西风颂》，并口占了"耐他风雪耐他寒，纵寒已是春寒了"两句，叶嘉莹将这两句敷衍成了一首《踏莎行》，词之前还有一行"小序"，称："用羡季师句，试勉学其作风，苦未能似。"顾随看了后，欣然批注说："此阕大似《味辛词》（顾先生早年词集）。"

顾随和叶嘉莹是师生，也是忘年交、知己，他们之间的关系是一颗词心对另一颗词心的映照，一个灵魂对另一个灵魂的呼应，名师得遇高徒，高山得遇流水，彼此之间同频共振，惺惺相惜，这样的际遇，对他们来说都是相当难能可贵的。

只可惜自古才命两相妨，诗词路上越走越顺的叶嘉莹，在人生的路上却坎坷难行。十七岁那年，她迎来了人生第一次苦难：因父亲在沦陷区失去音信，日夜操劳的母亲积忧成疾，手术失败后死在了列车上，她没来得及见母亲最后一面。眼睁睁地看着钉子一个个钉在母亲的棺材上，叶嘉莹仿佛是在一夜之间就迈入了成年世界，十七岁的她，挑起了照顾老父幼弟的重担，从那以后，她没有任何人可以依靠，相反，身边所有人都需要依靠她。

也许正因如此，她年纪轻轻就老成持重，男生们评价她"自赏孤芳，我行我素"，不敢亲近她。有位老师将她介绍给赵东荪，父亲很不赞成这门婚事，认为赵东荪没有一技之长。

　　赵东荪追求了她很久，她都没动心。直到有一天，他跑来对她说："我丢了工作。"叶嘉莹心想："不是因为经常从青岛回来找我，所以丢了工作吧。"出于同情和义气，她终于接受了他的求婚。

　　古人的诗词中将爱情描绘得那么美妙动人，可叶嘉莹却从来没有体会过那种心动的滋味。为叶嘉莹写传记的学生张侯萍说："叶先生熟谙古诗词中的儿女情长，可她这一生从来没有恋爱过。"

　　可她骨子里是非常传统的，既然嫁了人，就嫁夫随夫，全心全意做个贤妻良母，她很快生下了大女儿言言，随丈夫一起去了台湾。就算不是两情相悦，只要能够相濡以沫，也能够拥有平淡安稳的婚姻吧。

　　可这点希望很快也破灭了。到台湾不久后，喜谈政治的赵东荪被当成"匪谍"投入了监狱。她带着幼小的女儿寄居在亲戚家，一边辛苦地抚养女儿，一边尽力营救丈夫。没想到丈夫出狱后，本来就性情粗暴的他变得更加不近人情，动不动就会暴怒，由于性格乖戾，他什么工作都干不了多久。

　　这时候叶嘉莹又生下了小女儿言慧，加上老父亲，一家五口的担子全落在了她的肩上，为了多挣点家用，她每天奔波于几个学校上课，忙碌了一天回到家里，还得小心翼翼地承受丈夫莫名其妙的怒火。

日子过得太艰难了，光是勉强活下去已花光了她所有的心力，酷爱吟诗填词的她，十年里只作了寥寥几首诗词，在一首《蝶恋花》里，她写道："倚竹谁怜衫袖薄，斗草寻春，芳时都闲却。"此时的她，瘦得只剩下一把骨头，就像杜甫笔下那个"天寒翠袖薄，日暮倚修竹"的佳人，得不到一点关心和温存，最绝望的时候，她甚至想过开煤气自杀。

最后，她告诉自己，"我得把感情杀死"，只有这样，才能尽量麻木地活下去。她总觉得自己就像王国维词里的杨花，"开时不与人看，如何一霎濛濛坠"，根本不曾开过，就已经凋零了。

这些情绪她从来不会流露出来，包括在两个女儿面前，她都尽量维持着平和与愉悦的面容。幸好还有她热爱的古典文学，只要一站在讲台上，谈起诗词来，她立刻变得神采飞扬。她的课在台湾名声远扬，哈佛大学、密歇根大学等竞相请她去讲课。在外面，她是人人尊敬的叶先生，一回到家里，仍然是那个需要面对丈夫咄咄发威的无助女子。有次她在圣诞节时按照西方的习俗，买了圣诞树、气球和彩灯，将家里布置得漂漂亮亮的，丈夫却突然发起火来，将气球和彩灯扯得稀烂，她什么也没说，还是尽力为孩子们营造出快乐的节日气氛来。

丈夫对她漠不关心，一直到了晚年时，才在看了她讲课的视频后，惊奇地对她说："这是你在讲课吗？下次我去听好不好？"他好像头一次认识到妻子的价值。学生张侯萍叹息说，他与她生活了一辈子，却像一个陌生人。这是叶嘉莹的悲哀，也是一代旧时淑女的悲哀，她们所受的教育，让她们断然起不了离婚的念头。

生活好不容易稍微安定些，一家人在加拿大定居下来了，叶嘉莹又迎来了人生中最大的打击——大女儿和女婿双双车祸身亡，这个打击对于一位早就心碎了无数次的母亲来说，几乎是致命的。

强忍悲痛处理完女儿的后事后，她将自己关进书房，谢绝了一切亲友的慰问。她想不明白，为什么临到晚年，老天爷还这样惩罚自己，她只得又一次把自己的感情杀死了。

平生几度有颜开，风雨一世逼人来。

迟暮天公仍罚我，不令欢笑但余哀。

她亲手蘸着自己的血泪，一字一泪地写下了十首《哭女诗》。

"风雨一世逼人来"，不是经历过锥心之痛的人，哪里写得出如此沉郁之极的诗句来。她这时才领悟到，为什么她所敬慕的王国维先生会说"天以百凶成就一词人"。

少年丧母、婚姻不幸、老年丧女，这其中的任何一项苦难都足以摧毁一个人，叶嘉莹却为什么没有被摧毁呢？这不得不感谢她钟爱的古诗词，以及她从诗词歌赋中领悟到的生命哲学。

这种生命哲学，顾随形容为"以悲观之心情过乐观之生活，以无生之觉悟过有生之事业"，叶嘉莹则注入了女性的特质，用"弱德之美"来加以概括。

"弱德之美"，是叶嘉莹创造出来的一个词语，用她自己的话来形容："弱德不是弱者，弱者只趴在那里挨打。弱德就是你承受，你坚持，在强大的压力下还要有你自己的一种操守，你要完成你自己，这种品格才是弱德。"或者可以通俗地理解为，弱德之美也就是人们在面对逆境和苦难时所表现出的担当和坚守，一种承担之美、坚忍之美。

命运是风，我们是芦苇，很多时候芦苇只能随风摆动，由不得自己做主，可至少有一样东西我们可以做主，那就是成为什么样的人。叶嘉莹说她一生都没有主动选择过，嫁人不是自己选择的，去台湾也不是自己选择的，就是在这种被动的处境下，她始终坚守着修养，默默承担着责任，决不以自己鄙弃的方式来对待他人，正如她所说的那样"我有弱德之美，但我并不是一个弱者"。

她当然不是一个弱者。看过不少她讲课的视频，她给我的感觉竟然是硬朗。年过九旬的她，站在讲台上，仍是那样精神矍铄，满头银丝如雪，声音清亮，能够一口气站着讲上两小时。

至今，叶嘉莹已回国任教四十年了，从异国教坛退休之后，她觉得在海外教书总有隔膜，渴望着能倦鸟归巢，渴望着能将古典文学的薪火传承下去。

南开大学对她敞开了大门，很快师生们就发现，他们是捡到宝了，叶嘉莹一开讲，能坐满三百人的阶梯教室都坐不下了，前来听课的学生挤满了过道。下课铃声响起时，没有一个人离开。她与学生们，就这样如痴如醉地沉浸在诗词的世界里，直到熄灯的号角吹起。她对南开感情很深，后来还将多年来累积的积蓄一千八百多万无偿捐给了南开设立迦陵基金，用以激励学生研习古典诗词。

从 1979 年开始，她就这样一个人拖着硕大的行李箱，辗转于中加两国,除了南开外,还到北京大学、天津大学、兰州大学、新疆大学等数十所高校演讲,很多人就是通过听她的课才爱上古诗词的,她就这样将诗种一颗颗地播撒到了年轻人的心中。

讲台上的叶嘉莹有种特殊的魅力,有人说她站在那里就是一首诗,诗人席慕蓉在听过她一次讲座后,从此俯首甘为粉丝。在席慕蓉眼里,她就是《楚辞》中那个"要眇宜修"的湘水女神,她的美是从内往外散发出来的,一讲起诗词来通体都会发光。

除了讲授诗词,叶嘉莹回国前最大的心愿就是希望能再见顾随一面。可惜恩师早已殒逝,为了弥补这一遗憾,她花了极大的心力来整理当初听课的笔记。那八大册笔记,随她去了台湾,又亲自带到了异国,从未托运过,一直随身携带,保存得完好如初,她说:"这是宇宙间唯一的。"

在她的悉心整理下,《顾随诗词讲记》终于得以付梓,这本书和陈丹青所记、木心所讲的《文学回忆录》一样,都是弟子根据老师的讲课记录而来的,也都缔造了"师父因弟子而显于世"的佳话。顾随若泉下有知,一定也会备受感动,估计连他自己都想不到,当初在课堂上的信口胡诌,居然被一个女弟子当成珍宝一样全都收集了起来。叶嘉莹待人的深情可见一斑。

　　可叹的是，在现实生活中，她的一片深情根本找不到值得托付之人，从未尝过爱情滋味的她索性将诗词当成了恋爱对象。她的小女儿说，母亲最爱的就是唐诗宋词，她这一辈子都在和诗词谈恋爱。有人问过叶嘉莹，古代的诗人她最想和谁交往，她笑着说，杜甫太古板，李商隐太忧郁，只有辛弃疾刚柔相济，是个理想人选。

　　"花开莲现，花落莲成"，这是叶嘉莹年轻时看到的一句偈语，这句偈语像是在预示她一生的命运，她的青春是在流离和困苦中度过的，一直要到人生的垂暮之年，才迸发出异样的光彩来，莲花谢了不要紧，重要的是，那藏在花下的莲子已经成熟了，莲的生命因此而生生不息。

　　"莲实有心应不死，人生易老梦偏痴"，这是叶嘉莹常用来自况的一句诗，她这辈子都和荷有缘，乳名就叫小荷子，但我更愿意用"菡萏"来称呼她，菡萏是荷花的别称，与荷花相比，它显得更为古雅。叶先生，就是一朵旧时的菡萏，这朵菡萏出淤泥而不染，始终保持着纯真的本心，走近她，就会嗅到一股清芬，它来自昨日世界，我们曾经失落却正在拾起的那个世界。

沈祖棻：有斜阳处有春愁

　　这些年去过的地方里，最令我难忘的，居然是苏州，"君到姑苏见，人家尽枕河"，很难得有这样一座现代城市，还保留着小桥流水的古韵。在苏州，不仅可以赏遍美景，吃遍美食，还可以看遍美女，苏州女子大多身材窈窕，皮肤白得透明，不用撑一柄油纸伞，一个个就仿佛是戴望舒笔下那个丁香般的姑娘。

　　苏州女子给人最深刻的印象就是那份温柔，她们说起话来总是轻言细语，娴静时如娇花照水，行动处似弱柳拂风，正如金庸形容姑苏慕容家的小丫鬟阿碧所说的那样：八分容貌，加上十二分的温柔，便不逊于十分人才的美女。

沈祖棻，就是这样一个从江南水乡走出来的苏州女子，看她的照片，清瘦、温婉，有尖尖的下巴和清秀的眉眼，那种美，像江南初春的雨，润物细无声中略带清冽的寒意，站在苏州的小桥畔，就是一首浑然天成的婉约词。

生于苏州，可能是沈祖棻最幸运的事情之一，她不止一次在诗词中赞美故乡："生小住江南，横塘春水蓝""家近吴门饮马桥，远山如黛水如膏"，她的情怀和诗意，正是在江南烟雨的氤氲中滋养出来的。

她出生在苏州一个书香世家，祖父精于书法，终身都在临摹《兰亭序》，和吴昌硕等人均有来往。她小的时候，家中为孩子们请来的老师就有四位，分别教授他们英语、国语、算术、刺绣。

她是在苏州古典的庭院里长大的，自小过着的也是一种深具古典韵味的生活。夏日天热时，家中用银碗盛着鸡头米，加上冰块，吃一碗就暑气顿消。秋天菊花盛开，祖母叫人用百十来盆菊花在后花厅堆成菊花山，祖棻常常和兄弟姐妹们在此持螯赏菊，一起吟诵《红楼梦》中的菊花诗。有一年正月十五，家人们在后花厅赏月联诗，祖棻还是个小小女孩，就能够脱口联句了。

很多年以后，她对这段时光仍是念念不忘，不止一次在诗中怀念昔日的风雅生活，如"镂银冰碗剥鸡头，晚凉庭院忆苏州"。

生长于温柔富贵乡、烟柳繁华地的沈祖棻，满身都是水乡的温柔气息，出落得清丽动人。她刚踏进南京中央大学的校门，就以美貌和文才惊艳了整个校园。她生得很美，词曲大家吴梅第一次在家中见到这位登门拜访的女学生时，就在日记中称她"极美"。同学尉素秋也对她的美印象深刻，那时中央大学中文系的女生组织了一个梅社，相约以词牌为笔名写词，沈祖棻的笔名是点绛唇，尉素秋说她之所以用此笔名，是因为"她是苏州人，明眸皓齿，服饰入时。当时在校女同学很少使用口红化妆，祖棻唇上胭脂，显示她的特色"。

沈祖棻不仅美貌出众，更兼才情过人。中央大学当时名师荟萃，中文系的老师有黄侃、汪东、吴梅、汪国垣、胡小石等国学大师，他们对这位女学生特别器重。连胡适都不放在眼里的黄侃，特意为沈祖棻取字为子苾，以示爱重。文学院院长汪东对这位高徒更是倍加赏识，入校不久后，沈祖棻和要好的女生们，以红楼中的人物自况，称胡漱如为元春、尉素秋为探春、章伯璠为宝钗、徐天白为湘云、沈祖棻为宝琴，而将汪东老师比作贾政。汪东看到后不服，特意写诗抗议，其中一首说"悼红轩里铸新词，刻骨深悲我最知。梦堕楼中忽惊笑，老夫曾有少年时"，意思是当年他也是人见人爱的宝玉，可不是女学生们眼中古板的贾政，师生之间的亲密融洽可见一斑。

1932 年，"九·一八事"件刚刚爆发不久，那时沈祖棻年仅二十三岁，却深切关心着国家的命运，挥笔写下了一阕《浣溪纱》：

芳草年年记胜游，江山依旧豁吟眸。鼓鼙声里思悠悠。

三月莺花谁作赋？一天风絮独登楼。有斜阳处有春愁。

短短一首小令，将对山河破碎的担忧传递得婉转深重，汪东读过此词后，不禁拍案叫绝，尤其喜爱后半阕，认为足以和秦少游媲美。

遥想宋时，贺铸曾因"试问闲愁都几许？一川烟草，满城风絮，梅子黄时雨"而获得了"贺梅子"的称号，同样因佳句而获美名的还有张春水、谢蝴蝶、王桐花、崔黄叶，等等，如今，沈祖棻也因"有斜阳处有春愁"之句，被人们戏称为"沈斜阳"，得以跻身于这一串熠熠闪光的名字之中。

作为成名作，《浣溪纱》不仅拉开了沈祖棻专注于"倚声"（词）的帷幕，也奠定了她填词的基调——和很多女词家不同的是，从一开始填词，她笔底着墨最多的就不是儿女情长，而是家国情深。

如此受人瞩目，可以推测沈祖棻的身边一定不乏追求者。可因为她涉世不深、过于纯真，感情上也受到过挫折。她曾经喜欢过一个革命青年，在那个人被捕入狱之后，她甚至做好了为他牺牲的准备，就在此时，她才发现那人家中已有发妻。即使被人欺骗，她还是维持着大家闺秀的风度，一边照顾他，一边通知他妻子前来。等他妻子赶到后，她才断然和这个以背弃革命换来出国留学的青年诀别。

幸好在她考入金陵大学国学班后，就遇上了一个足以和她颉颃的男子，两人以诗词为媒，定下了终身。

他就是来自湖南长沙的才子程千帆，比沈祖棻小四岁，长于诗学世家，自幼就聪颖非凡，十岁学诗，十二岁通声律，考入金陵大学后立即崭露头角。他和沈祖棻都是文艺社团"土星学会"的成员，一起创办了刊物《诗帆》，两人因文字结缘，志同道合，很快就互相倾慕了，同学们也常常用"过尽千帆皆不是，斜晖脉脉水悠悠"来打趣沈祖棻，因为里面暗含程千帆的名字。

诗词是这对才子才女之间的桥梁，程千帆想和沈祖棻厮守终身时，就是用一首新诗《二月》来求婚的：

> 画梁是燕子的家，粉墙是萝蔓的家，河水才是小
> 白帆的家；无从窥见的是室家之好。

诗里藏着只有他们二人才看得懂的隐语，燕子、萝蔓都是祖棻的化身，因为她笔名叫作绛燕，又自号紫曼，小白帆指的自然是千帆，在河中漂泊的小白帆，期待着能找到一个可供栖身的家。

沈祖棻也写了一首《忍耐》作为回应：

> 燕子飞来建筑她的新巢，萝蔓装饰上春风的墙壁，
> 昔日漂泊于江湖的小白帆，也将傍春水而系缆了。

1937年，"小白帆"在安徽屯溪迎娶了他的"燕子"，祖棻"出当代大师之门后，为世间才子之妇"，缔造了难得一遇的佳话。

只可惜，这对才子佳人身处风雨飘摇之世，只能在乱世中流离奔波，一点都由不得他们自己。他们婚后的前半部分岁月，可以用一首词牌名来描述，那就是"惜分飞"。

江湖风波恶，人间行路难。新婚的甜蜜享受了还不到一个月，因日寇逼近，沈祖棻就不得不告别夫君，只身踏上西南流亡之路，辗转在重庆、雅安、乐山、成都等地。

轰动词坛的《涉江词》就是在战火纷飞、颠沛流离的途中完成的，一部词集收入了三百多首词，尽述流离之苦、分隔之痛，渗透了无尽的江山之感和故土之思。如果说杜甫是以诗为史，用诗歌记录下安史之乱后大唐由盛转衰的历史，那么沈祖棻就是以词为史，用词记录下抗战中的动荡岁月和苦痛悲欢，一幕幕如在眼前。

抗战中躲避日机轰炸期间，祖棻总是不忘随身携带着词稿，她在给老师汪东的信中说："一日，偶自问，设人与词稿分在二地，而二处必有一种遭劫，则宁愿人亡乎？词亡乎？初犹不能决，继则毅然愿人亡而词留也。"

　　宁愿人亡而词留，这是怎样的一种创作精神？正因为是用血泪凝结而成的，《涉江词》才具有相当高的艺术价值，汪东高度评价说："风格高华、声韵沉咽。韦、冯遗响，如在人间，一千年无此作。"

　　至于为何命名为《涉江词》，很多人都指出了是脱胎于古诗"涉江采芙蓉，兰泽多芳草"，却很少有人注意到，这首诗所写的正是情人分隔两地的相思之情，诗末说"同心而离居，忧伤以终老"，这正是祖棻当时的心情写照，她与程千帆夫妻情重，却聚少离多，战乱之中，像他们这样同心而离居的夫妻又何止千万！

　　刚经离乱之后，祖棻又遭病痛。1940 年她查出子宫肌瘤，病情严重，她给汪东、汪辟疆两位老师写了一封伤心至极的信。信中提到，如或有生命危险，她最割舍不下的就是千帆的夫妻之情。在信中她说，和千帆结婚三年了，两人既是夫妻，又是良友，每每以道德相勉励，以学问相切磋，夜深人静，灯下把卷，奇文共欣赏，疑义相与析，这种闺房之乐远甚于画眉，如果一旦天人永隔，情何以堪？

　　祖棻在成都动手术时医院失火，程千帆赶来时医院已成火海，还好祖棻已经逃了出来，二人在火海外相拥而泣，忍不住痛哭失声。所幸手术成功，祖棻才得以逃过一劫。

但病痛和意外注定是祖棻生命中难逃的劫数。她在三十八岁时高龄产女，一个庸医将一块纱布误缝入她腹内，此后几年受尽了折磨，在汉口动了两次小手术都未见好转，为此只得去上海求医，开刀五次才找到病根，最后那块纱布从她腹中取出来时，四周已结满脓血。她因此元气大伤，身体越发衰弱。

战火平息后，他们双双来到武汉大学执教，以为从此后就要苦尽甘来了，谁料几年之后，程千帆就被打成右派，一度还被下放到乡下去放牛，夫妻俩城乡两隔，唯有通过书信互相勉励，身为右派家属，祖棻受尽了白眼和冷遇，她在诗中对千帆感叹："文章知己虽堪许，患难夫妻自可悲。"

有人劝祖棻和他离婚，她什么也没说，仍然将他照顾得无微不至。那时日子很苦，但程千帆挨了批斗回到家后，总能吃到妻子亲手切好的西瓜，那往往是她自己舍不得吃特意留给他的。

沈祖棻一生命运多舛，备受战乱、病痛、离别乃至世态炎凉之苦，她在苦难中迸发出来的才华，常常让人将她和李清照相比。朱光潜就曾题诗称赞她："易安而后见斯人，骨秀神清自不群。"她和程千帆的爱情也被拿来和赵明诚、李清照相提并论，有"昔时赵李今程沈"之说。

从个人遭遇和才华的角度来说，她和李清照确实不乏相似之处：都一样才华横溢，年少成名；都一样备经战乱，流离困苦；都一样得遇知己，婚姻美满。但除此之外，两人的个性和气质迥异：李清照生性争强好胜，倜傥不群，个性中有叛逆尖锐的成分，沈祖棻则温柔敦厚至极，从不露出半点锋芒，哪怕是抗战中写的那些悲愤之词，也写得婉转含蓄，决不流于叫嚣。她当然也有怒火，但她把金刚怒目的那一面藏得很深很深。

在女儿程丽则的眼里，母亲"是一个非常谦和的人，温柔的人"。"我觉得她温良恭俭让，这五个字全部占据。脾气极好，性格极好，非常谦和，乐于助人，而且也很忍让。同时她又是一个学者，一个才女。"

温柔是人们对沈祖棻的共同印象，学者吴宓曾说，论品性的纯淑温和，沈祖棻是他所见过的女士中的第一人。学生徐有富回忆说，他还记得初次听沈老师讲课，那清雅的外表，那悦耳的吴侬软语，实在是生平所未见，令人如沐春风。

她整个人由里到外都温润如玉，像从蓝田采来的软玉，触摸上去手感柔软，却又不失玉的质地和清凉。温柔并不是柔弱，熟悉了沈祖棻，你就会发现，温婉的她其实从未丧失过内心的坚守和笃定，愈是靠近她的人，愈能感觉到她身上那股柔软的力量，真正强大的人，也许并不是处处要扼住命运的喉咙，而是在备受命运的摧残之后，依然能保持着一颗温柔如初的心。

暮年的沈祖棻，面容仍是那样平和，看不到一丝一毫被生活摧残过的痕迹。她和程千帆终于团聚了，夫妻二人住在武大一所湖畔的简陋小屋里，拿着微薄的退休工资，沈祖棻虽出身富贵，却特别能够安贫乐道，从不怨天尤人。

这时女儿丽则已生下了早早，每当小外孙女来到湖畔小屋时，屋中就布满了春色。沈祖棻特别钟爱早早，搁笔多年的她特意写下了一首长篇诗作，名字就叫《早早诗》："一岁满地走，两岁咀舌巧。娇小自玲珑，刚健复窈窕。长眉新月弯……"全诗明白如话，毫不雕琢，将早早的天真烂漫刻画得无微不至，赢得了众人激赏，朱光潜就最喜欢她的这首《早早诗》。

沈祖棻在 1976 年 6 月的日记里写道："与早早折夹竹桃二小枝，野花草三茎，松枝二小枝，插瓶。灯光下美好有致。"

这时，她已经是垂暮老人了，又饱受生活的磨难，却仍然拥有那样细腻婉转的心思，仍然保持着文人的情调，闲花野草处处可见，但只有像她这样的有心人，才会想到折来当成案头清供。她这样的才情女子，本就应该过着寻芳山头、灯下赏玩的悠闲生活，奈何命运弄人，她这一辈子大多数时光都是在动荡中度过的。

只可惜，如此美好有致的生活只持续了很短的时间，就在写下日记一年之后，她在返家途中遭遇了一场车祸，血流如注，未能抢救过来，将无尽的憾恨留给了她相伴了四十年的夫君。

程千帆晚年声誉日隆，唯一感到遗憾的是结发妻子过世得太过意外，太过悲惨，他在回忆录《桑榆忆往》中说："我现在只有一点是不大能够回忆的，就是沈祖棻的突然死亡。她本来是个富家女子，可以生活过得很好，但就是为了爱情，一辈子受苦，最后又是这样一个结果。"

钱锺书曾经说过，妻子杨绛身兼妻子、情人、知己于一体，沈祖棻对于程千帆来说又何尝不是如此呢？她是他共经患难的妻子，也是他温柔缠绵的情人，更是他心心相印的知己，他曾写过两首《鹧鸪天》来悼念亡妻，其中有两句词是"文章知己千古愿，患难夫妻四十年"，正是他们关系的真实写照。只是沈祖棻和杨绛比起来，吃过的苦头更多，为了爱情，她的确一辈子受苦，可是她心甘情愿，她将苦难咽下去，吐出了一首首惊才绝艳的词作。

对一个将词作看得比生命还重的女词人来说，让她的作品留世才是最好的纪念。沈祖棻过世之后，程千帆用整理她的遗著来寄托自己的思念之情，病重时，他还在指导外孙女编《沈祖棻全集》。全集出版后不到半年，他就因病去世了。

"小白帆"去寻找他的"燕子"了，漂泊了一生的他们，终于得以重聚，仿佛从未分开。在另一个世界里（如果有的话），"燕子飞来建筑她的新巢，萝蔓装饰上春风的墙壁，昔日漂泊于江湖的小白帆，也将傍春水而系缆了。"

冰心：枯枝——在雪地上，又纵横地写遍了相思

　　读着《小桔灯》长大的小读者们，可能很少有人知道，他们敬爱的冰心奶奶也是写过情诗的。

　　那是一个冬夜，在美国威尔斯利学院读书的冰心收到吴文藻一封充满着怀念之情的信，觉得在孤寂的宿舍里念不下书了，她就披上大衣，走下楼去，想到图书馆这一人多的地方去，不料在楼外的雪地上却看见满地枯枝纵横，像是写着"相思"两字，于是就有了她满怀深情的那首小诗《相思》：

> 避开相思，
>
> 披上裘儿，
>
> 走出灯明人静的屋子。
>
> 小径里冷月相窥，
>
> 枯枝——在雪地上，
>
> 又纵横地写遍了相思！

汉字真是很有趣的，"相"字旁的"目"字和"思"字上面的"田"字，都是横平竖直的，所以雪地上的枯枝会构成"相思"两字。若是用弯弯曲曲的英文字母，就写不出来了。

只有满腹相思的人，才会看到地上的枯枝，就联想起相思二字吧。就像张爱玲在文章中所说的那样，看到一件事，明明不相干的，七拐八拐，都会想起他来。

冰心到底是矜持的，即使在热恋之中，也没有把这首情诗寄给吴文藻，只是后来和一个外国朋友聊起中国诗词时，才提到自己写过这首诗。

都说文如其人，其实有时文风也会折射出命运的样子，你是什么样的性格，就会写出什么样的文章，从而透露出你拥有什么样的命运。

如张爱玲的文章，冷静犀利，刻画世相入木三分，可见写作者的眼睛何其毒辣，结果一受情伤就早早看破红尘，在她那些清冷的文字里，早埋下了半生孤寂的伏笔。

冰心的诗歌和散文，就像她的名字一样，晶莹澄澈，温婉雅致，读起来让人如沐春风。这样的诗文，可能思想上并不是那么有深度，却处处给人以美的感受。就像冰心的人一样，生得不算特别美，可气质娴静端庄，虽然不惊艳，看上去却很舒服。

尽管后世的读者都是因为《小桔灯》《寄小读者》等一系列文章才熟悉冰心的，可实际上她是以诗歌敲开文坛的大门的。她成名非常早，二十出头就凭着《繁星》《春水》扬名诗坛，诗风类似于泰戈尔，引起无数学诗者竞相模仿。

成名太早，名气太大，难免会引来非议。同样是知名女作家，苏青和张爱玲就很瞧不上冰心，张爱玲曾经说："要把我和冰心、白薇她们来比较，我实在不能引以为荣。"苏青更曾刻薄地攻击冰心的长相，说之前看冰心的诗和文章，觉得很美丽，后来看到她的照片，原来非常难看，又想到她在作品中常卖弄她的女性美，就没有兴趣再读她的文章了。

　　张爱玲和苏青为什么不喜欢冰心？有人解释为这是因为她们嫉妒冰心生活得太过幸福，这样理解未免太过偏颇了，照我看来，她们之所以将矛头对准了冰心，可能是因为冰心不管是为人还是作文，都迥异于她们，简单来说，大家根本不是一路人，当然互相看不惯。

　　将冰心和张爱玲来互相对比是很有意思的，她们一个是新兴的海军军官的千金，一个是没落的旧式贵族的小姐；一个平易近人，一个高傲清冷；一个至死都保持着一颗童心，一个却年纪轻轻就有了个老灵魂——出身、性格、成长背景都大不一样，这也决定了她们不同的人生观。

　　张爱玲可以说是个彻头彻尾的悲观主义者，将人性的阴暗面刻画得入木三分，读她的小说，像是走进了一个旧式老宅里，寂寂的流年，深深的庭院，感觉是那样荒凉。冰心则是个温情脉脉的乐观主义者，母爱、童心和大自然是她诗文中永恒不变的主题，令人想起黑暗中那盏小桔灯来，让人觉得眼前似乎有无限光明。张爱玲复杂，冰心单纯，单纯的人也许写不出太过深刻的作品，却往往都是有福之人。

　　"有了爱就有了一切"，这是冰心信奉终生的人生哲学，有这样的人生观并不奇怪，因为她一生都生活在爱之中，爱对于她来说就像阳光和空气，须臾不曾离开过她。

冰心原名谢婉莹，出生在福建长乐，父亲是一名海军军官，因此她是在烟台的大海边长大的。父母都很疼她，童年时的冰心是被当成男孩一样养大的，父亲带着她在海边骑马、打枪、堆沙堡，任由她玩得满身都是沙子，从来没有呵斥过她，就这样慢慢将爱的种子播到了她的心中。童年是一个人一生的底色，如果说张爱玲的人生底色是灰色，那么冰心的人生底色就是白色，光明洞彻的白色。

冰心的成名也称得上一帆风顺，二十出头的冰心，刚步入文坛就一鸣惊人，她写的诗歌引领了文坛风潮，被称为"繁星体""春水体"。以"冰心"作为笔名，正是取"一片冰心在玉壶"之意，这个笔名，恰恰和她纯净的心地最为匹配。

年轻时的冰心看上去有些冷冷的，初相识的人总觉得她好像要拒人于千里之外，如果用八个字来形容冰心的气质，那大概就是"穆如秋风，静若止水"，她虽然写诗，却并不是那种生性浪漫的女诗人，而是静穆持重、略有些严肃的。

和很多绯闻缠身的民国女作家不同，冰心是个感情上有些洁癖的人，推崇的是"一生只爱一个人"，她不希望嫁一个传

冰心：枯枝——在雪地上，又纵横地写遍了相思

237

统意义上的才子，因为她觉得才子多数性情浪漫，感情也不稳固，她觉得自己就是个平凡的人，只求拥有凡人的幸福，她曾说："我们的朋友有不少文艺界的人，其中有些人都很风流，对于钦慕他们的女读者，常常表示了很随便和不严肃的态度和行为。"

正因为反感文人们自诩风流的行为，她才写了那篇著名的《我们太太的客厅》。文中的"我们太太"是一个受男人环绕、爱出风头的女人，围绕在她身边的是一大群诗人、哲学家、画家、科学家等等。文章发表后，好事者立即将文中诸人与林徽因、徐志摩、金岳霖等人一一对号入座。冰心晚年却辩解说，其实"我们太太"的原型是陆小曼。

不管原型是林徽因还是陆小曼，有一点毋需置疑的就是冰心确实讨厌文中的那种太太，在她看来，对待感情的态度理应严肃慎重，哪能如此随随便便呢？

这篇文章显示了冰心性格的另一面，她曾经说："我喜爱玫瑰花，因为它有坚硬的刺，浓艳淡香，都掩不住她独特的风骨。"她这朵白玫瑰，尽管玉洁冰清与世无争，偶尔露出坚硬的刺来，也是能扎疼人的。

对待爱情如此认真，我们就不难理解，冰心为何终生都保

持了"零绯闻"，她选择的丈夫吴文藻，也是个从不沾惹花花草草的人，他们将一生的爱都封存起来，珍重地交给了对方。他们之间没有跌宕起伏，不算荡气回肠，却在平淡相守中，给予了彼此一辈子的温暖。

他们的爱情，始于游轮上的一次"错遇"。

1923年8月17日，他们两人碰巧同乘美国邮轮杰克逊号赴美留学。冰心在贝满女中的同学吴搂梅事前已自费赴美，来信让她在船上找自己的弟弟、也是清华学校的留美学生吴卓。上船第二天，冰心请燕京同学许地山代寻吴卓，许却阴错阳差地找来了吴文藻。此时冰心正和燕京同学玩丢沙袋游戏，只好将错就错地请吴文藻参加。

在清华毕业的吴文藻是个高傲的人，同船的女同学形容他"个子高高的，走路都昂着头，不理睬人，可傲气啦"，据说人家给他介绍过好几位女朋友，他一个也相不上。

果然，才一见面，这个仪表堂堂又十分高傲的小伙子，就狠狠挫了冰心的傲气。

两人倚在栏杆上闲聊，吴文藻问冰心将在美国学习什么专业，冰心回答说学文学，并说想选读一些有关19世纪英国诗人的课程时，吴文藻就列举了几本著名的英、美评论家评论拜伦和雪莱的著作，问冰心是否读过，冰心略显尴尬地答道没有。

吴文藻相当严肃地告诫她："如果你不趁在国外的时间多看一些课外书，那么这次到美国就是白来了！"

这话深深地刺痛了冰心，要知道，当时在船上相识的人，一般都听过她的大名，见面无不说"久仰久仰"，像吴文藻这样初次见面就肯坦率进言的，还是第一个。冰心不是那种小心眼的女孩子，很快把他当成了人生中第一个诤友、畏友。

吴文藻这次去美国，攻读的是社会学，他虽然爱好文学，却并无文艺圈男人常有的"风流"，这让冰心见他第一面，就留下了很好的印象。

到了美国后，令冰心想不到的是，在船上杀了她威风的吴文藻开始频频给她寄书。很多年以后，她仍然记得当初的每一个细节：

"奇怪，这个骄傲的小伙子隔几天便给我寄一本文艺杂志。又过了一段时间，在杂志里面夹一个小条。再过些天，小条变成了宽条，都是用英文书写得整整齐齐。再过若干时候，写来了信，投来了情书。"

就在书信来往中，两颗高傲的心慢慢贴近了，他们都不知不觉做了爱情的俘虏，只是一时还没有挑开那层遮掩在上面的薄纱。

留学期间，梁实秋等人发起演出戏剧《琵琶记》，冰心在戏中扮演牛小姐，她高兴极了，给吴文藻寄了一张入场券。没想到吴文藻这时有点怯场，推说功课忙来不了。到了演出那天，冰心满意地看到，他还是来了，还在戏后和几个男同学一起去探望了她。

同年夏天，冰心独自到绮色佳习法文，却发现吴文藻也去了，同样也是补习法文。这到底只是巧合，还是他刻意接近她？这些都不为人知了，人们知道的是，在绮色佳期间，他们已经确定了恋爱关系。冰心在文中称自己和吴文藻成了"画中人""诗中人"。在这如诗如画的人间仙境中，他们每当求学之余便结伴在林中散步，在曲径通幽处拍照留影，吴文藻有一次在湖上划船时，向冰心表明了心迹。

各自回到自己的学校后，他们写信写得更频繁了，吴文藻寄给冰心一盒很讲究的信纸，上面印有冰心姓名的缩写英文字母。

冰心离美回国前，吴文藻给她父母写了一封长信，并附了一张相片，叫冰心带回给她父母。他希望通过这封情真意切的信说服冰心父母，同意将冰心许配给他。

这封信先以"道可道，非常道；名可名，非常名"，论述爱的哲学意义，稍露对冰心的爱慕之意。信中赞美冰心"是一位新思想旧道德兼备的完人"。她的婚恋观，如宗教般神圣；而他自己也表明，"爱了一个人，即永久不改变"，即"为不朽的爱了"。

信中，吴文藻无比真诚地说："我自知德薄能鲜，原不该钟情于令爱。可是爱美是人之常情。我心眼的视线，早已被她的人格的美所吸引。我激发的心灵，早已向她的精神的美求寄托……我由佩服而恋慕，由恋慕而挚爱，由挚爱而求婚，这其间却是满蕴着真诚。"

冰心的父母，本来就是开明的人，爱女心切的他们感受到了吴文藻的一片赤诚，很快答应了他们的婚事。

双亲同意后，吴文藻和冰心在燕京大学的未名湖畔临湖轩举行了简单的婚礼，招待客人费用仅为三四十元。新婚之夜在北平西郊大觉寺一间空房里度过，临时洞房除去自己带着的两张帆布床外，只有一张三条腿的小桌——另一只脚是用碎砖垫起的。

人们都说，婚姻是爱情的坟墓，可冰心却说："婚姻不是爱情的坟墓，而是更亲密的灵肉合一的爱情的开始。"

吴文藻是个专注于事业的人，冰心总是用"拙口笨舌"来形容他。她曾撰文称：

> 说起我和文藻，真是"隔行如隔山"，他整天在书房里埋头写些什么，和学生们滔滔不绝地谈些什么，我都不知道……他的《自传》，这篇将近九千字的自传里讲的是，他自有生以来，进的什么学校，读的什么功课，从哪位教师受业，写的什么文章，交的什么朋友……提到我的地方，只有两处：我们何时相识，何时结婚，短短的几句！

可见吴文藻是颇有几分呆气的，这个书呆子，在婚后还闹了几次笑话。

冰心留美期间，曾给父母寄回两张照片。冰心母亲去世后，吴文藻便从岳丈那里要来那张大的，摆在自己书桌上。冰心问："你真的是要每天看一眼呢，还是一种摆设？"吴答："当然是每天要看。"有一天吴先生上课去了，冰心将影星阮玲玉的照片换进相框里。过了几天，吴先生没有理会，冰心提醒他看看相框里的照片，他看了才笑着把相片换了下来，说："你何必开这样的玩笑？"

还有一次是一个阳光灿烂的春天的上午，一家人都在楼前赏花，婆母让冰心把吴文藻从书房里叫出来。他出来站在丁香树前目光茫然地问："这是什么花？"冰心忍笑回答："这是香丁。"他点了点头说："呵，香丁。"大家听了都大笑起来。

又有一次，吴文藻随冰心去城内看岳父，冰心让他上街为孩子买点心萨其马。由于孩子平时不会说全名，一般只说"马"。吴文藻到了点心铺，也只说买"马"。冰心还让吴先生买一件双丝葛的夹袍面子送父亲，他到绸布店却说要买羽毛纱。幸亏那个店平日和谢家有往来，就打电话问冰心："你要买一丈多羽毛纱做什么？"谢家人听后都大笑起来。冰心只好说："他真是个傻姑爷。"冰心父亲笑道："这傻姑爷可不是我替你挑的。"

吴文藻有次请清华校长、西南联大校常务委员会主席梅贻琦等老清华到他家度周末。冰心就将吴文藻闹的那些笑话写成一首宝塔诗，取笑"傻姑爷"之所以如此，实在是出自清华的教育，诗曰：

马

> 香丁
>
> 羽毛纱
>
> 样样都差
>
> 傻姑爷到家
>
> 说起真是笑话
>
> 教育原来在清华

梅贻琦笑着在后面加了两句：

> 冰心女士眼力不佳
>
> 书呆子怎配得交际花

当时在座的清华同学都笑得很得意，冰心只好承认是"作法自毙"。

实际上，吴文藻除了有些"呆"外，还是很疼爱冰心的。抗战期间，他们从北平逃走时，什么都没带，就带了一张庞大笨重的弹簧床，从北平搬到昆明，从昆明搬到歌乐山，吴文藻对梁实秋说："没有这样的床，冰心实在是睡不着觉。"

反右运动时，吴文藻被错划为右派，在他的罪名中，有"反党反社会主义"一条，在让他写检查材料时，他十分认真地苦苦地挖他的这种思想，写了许多张纸。他一面痛苦地"挖"着，一面用迷茫和疑惑的眼光看着冰心说："我若是反党反社会主义，我到国外去反好了，何必千辛万苦地借赴美的名义回到祖国来反呢？"

冰心回忆说，她当时也和他一样"感到委屈和沉闷"，但没有说出她的想法，她只鼓励他好好地"挖！"，因为她深深知道，他这个绝顶认真的人，你要是在他心里引起疑云，他心思就更乱了。

正是有了冰心的信任和支持，书生气很重的吴文藻才终于熬过了那场动荡，没有被诬蔑和嘲笑打垮。

人生的道路，到底是平坦的少，崎岖的多。如何才能做到不离不弃呢？还是冰心说得好：

"在平坦的道路上，携手同行的时候，周围有和暖的春风，头上有明净的秋月。两颗心充分地享受着宁静柔畅的'琴瑟和鸣'的音乐。在坎坷的路上，扶掖而行的时候，要坚忍地咽下各自的冤抑和痛苦，在荆棘遍地的路上，互慰互勉，相濡以沫。"

"四人帮"被粉碎后，吴文藻有心为国家出力，但已年老体弱，不久就因病辞世了。临终前，还向陪伴了五十六年的妻子念叨着："等我死后，我们的遗骨再一同投海，也是'死同穴'的意思吧。"

十五年后，冰心去世，享年九十九岁，有"世纪老人"之称。如果不苛求的话，冰心这辈子的确称得上圆满，活得长不算什么，重要的是，她一生都在爱人，一生都被人爱着。小时候有父母疼爱，结了婚被丈夫疼爱，还有那么多朋友和读者爱着她，种在她心中那颗爱的种子早已生根发芽，长成了参天大树，尚有余荫留在世间。

应冰心的遗愿，她与吴文藻两人骨灰合葬，骨灰盒上并排写着：江阴吴文藻，长乐谢婉莹。

生同衾，死同穴，他们用漫长的一辈子，坚定地维护了"一生一世一双人"的爱情理念。

在众多悼念冰心的文章中，我唯独钟爱金庸悼念她所作的那首无题诗：

> 六十年前，我是诵读冰心阿姨那本毛边书面的小读者，
>
> 今天，小读者成了老读者，心中仍缓缓流过你书上的那些句子。

在蓝天下，碧海上，闪烁的星星下，大船的甲板上，

你母亲抱着你，你出一身大汗，病好了。

我为你欣喜，感觉到了自己母亲的爱，

我也生过大病，妈妈也这样抱过我，

六十年来，在艰难困苦的时候，我时时想到你那

些温馨的语句，

听说你病了，在医院里，大家送鲜花，送爱，送

关怀给你，

可是没有你妈妈来抱你了，

于是你倦了，你去找妈妈了，投入她温暖的怀抱。

我们失去了你，但是你找到了亲爱的妈妈。

在蓝天下，星光下，在碧海上，你在妈妈的怀里，

带着我们千千万万小读者、大读者、老读者的爱。

天上，不仅有冰心亲爱的妈妈，还有陪伴了她一辈子的爱
人。在蓝天下，碧海上，在闪烁的星星下，他在她的身旁，永
远也不再分离。

席慕蓉：我有着长长的一生，而你一定会来

　　和一个中文系的学妹聊起古往今来的那些才女，比如李清照、朱淑真、贺双卿、萧红等，她忽然感慨地问我："师姐，才女是不是都命很苦啊？难怪古时候的人说女子无才便是德呢。"

　　我被她问住了，竭力在头脑中搜索那些熟悉的才女，却发现她们大多数人的命运还真算得上苦难重重：李清照国破夫亡、朱淑真遇人不淑、贺双卿备受凌虐、萧红一生飘零……

　　我当然不相信什么"女子无才便是德"的鬼话，但也不得

不承认，有时候，上天赋予的才华反而成了一柄过于锋锐的剑，持剑的人一不小心就会被伤害到。很多天赋异禀的女子，将一生都献祭给了文学，自己则沦为供奉的祭品。

当然也有例外，一个名字忽然跳了出来，我告诉学妹："才女中当然也有生活得很好的，比如席慕蓉。"

席慕蓉的诗，曾经影响了整整一代人，称她为一代人的文化偶像也不过分，就算你没有完整地读过她的诗，也一定听说过下面这些美丽的片段吧：

"如何让我遇见你，在我最美丽的时刻，为这，我已在佛前求了五百年"；

"含着泪，我一读再读，却不得不承认，青春是一本太仓促的书"；

"我已亭亭，不忧亦不惧，现在正是最美丽的时刻，重门却已深锁"；

"请为我唱一首出塞曲，用那遗忘了的古老言语，请用美丽的颤音轻轻呼唤，我心中的大好河山"；

……

作为诗人的席慕蓉，早已为大众所熟知，所以我更关心的是，诗人之外的席慕蓉，是如何经营自己的生活的。

席慕蓉曾经出过一本书叫《写给幸福》，她这辈子确实堪称"幸福人生"的范本，事业成功，爱情甜蜜，父母慈爱，子女乖巧，一生都平稳顺遂，宛如一条静静流淌的河流，从未掀起过惊涛骇浪。能拥有这样的生活，当然得有好运相伴，但仅仅有好运气的话，也是远远不够的。

在接受外界采访时，席慕蓉不止一次说过，她是个相当寻常的女人，过着相当寻常的生活。这话并不是完全的自谦，剥去诗人的光环，席慕蓉的确算不上特别出众。

论模样，她长得寻常，父母都是蒙古草原上的王公贵族之后，夸张一点说，她还是个蒙古小格格，可在家中五个兄弟姐妹中，她的长相是最不起眼的。小时候家里来了客人，夸完了姐姐夸妹妹，轮到她时，顶多怜悯地说一句："这孩子也不错，长得很憨厚。"可想而知，一个被称为长得很憨厚的女孩子，和美丽自然是不沾边的，她自己也说过，曾经对姐妹有一种隐隐的妒忌，因为自己长得不如她们美。

论身世，她出生在战时，祖辈的荣光早已被留在了草原，她五岁时就随父母逃难，从重庆到香港，再从香港到台湾，总是在不断地漂泊，不断地转学，每次换学校时，都会受到同学的排斥和漠视，她常常站在教室门口不敢进去。懂事的她不愿向父母诉苦，只能靠写写画画来排遣孤独，那时她并未设想自己会成为一个诗人，诗句却自然而然地从她心里流淌了出来。

至于学业成绩，她虽然国文课能拿全年级第一，数学和物理却怎么都不灵光，数学老师讲的课她完全听不懂，只能在数学课本上画画来打发时间，以至于数学曾交过白卷。多年以后，她还是常常做数学考试一道题也答不出来的噩梦。

席慕蓉和三毛是同年生人，也都是数学白痴，三毛被老师责罚后，再也不肯去学校了，她却选择了一条比较温和的抗争方式：中学毕业后，她决然地报了艺术系，因为她仔细看过了，艺术系里没有一节数学课。同样是逃避不喜欢的事物，三毛采取的方式极端多了，比较起来，她远远没那么激烈。

可能是来自大草原的缘故，她的天性中有一种非常宽厚的特质，什么都可以包容，什么都可以宽宥，很少去计较什么，非常懂得感恩。比如她回忆起中学岁月时，对于数学老师的讥讽只是一笔带过，却不忘细细描述同学帮自己补习时的场景。她就是这样，不管是同学、亲人还是朋友，她记住的总是对方的善意。

报考艺术系堪称席慕蓉这辈子最明智的决定之一，现在的人都说要克服短板，她却索性绕开短板，去发挥自己的长处。设想一下，如果她一味地和数学死磕的话，世上可能就少了一个诗人兼画家席慕蓉，多了一个因为严重偏科而充满挫败的普通女孩子。

不过意外的是，一提数学物理就头疼的席慕蓉，后来居然嫁了一个学物理的博士，他就是刘海北。

那时他们都在比利时留学，席慕蓉对刘海北未见其人，先闻其声，一次聚会时听见他好听的男低音，从此就留了心。她用"猫缘"来形容他们之间的缘分，因为她对他动心，正是看见他耐心地喂养小猫，给小猫做窝，顿时觉得这个男孩子不仅声音好听，还有一颗善良的心，对猫都这么好，对女朋友一定不会差吧。

确定刘海北就是自己要找的人后，席慕蓉主动对他发起了攻势，可好男人从来都是抢手的，当时有三个女孩子一起追他，最终，刘海北还是选择了席慕蓉，因为三个女孩子中就属她最有北国气质，从口到心都是一条平坦笔直的大道，这份坦率爽朗很对他的胃口。

刘海北读高中时曾画过一张女人的画像，他的大姐看了后笑着说："你将来一定怕太太，不是怕她凶就是怕她出名。"

理由是，他画出来的女人又大又强壮。

他认识席慕蓉后，发现她的身材果然如画中女子一样丰满健硕，还好她不凶，至于出名，那时她是个学油画的学生，他心想能够欣赏油画的人毕竟不多，要出名谈何容易，于是就铁了心非她莫娶。

事实证明，他们对于彼此来说都是最理想的另一半。席慕蓉在生活上比较粗线条，刘海北则温和细致，两人正好互补。只是令她意想不到的是，喜欢猫的他结婚后越发痴迷，家中养了一只猫，孩子们戏称是爸爸的"姨太太"，丈夫每天回到家里，第一句话就是"猫咪在哪里"，令她稍微有点犯酸。

刘海北意想不到的是，结婚后妻子真的成了名人。席慕蓉学油画多年，也办过画展，一直不温不火，有次她画画时在旁边加上了随手写的一首诗，没想到这个不经意的举动，居然赢得了众口一词的赞誉，大家都喜欢那首诗。从此后，她经常在画旁配上诗，有时还配上散文，久而久之，她开始诗名大振，毕竟，能欣赏诗歌的人要远远多于能欣赏油画的人，她就这样成为了他的"名妻"。

家有名妻，偶尔也有点小烦恼，比如两人双双出席活动时，总有人这样介绍刘海北："这是席慕蓉的先生！"更荒唐的是，有人打电话到他们家，刘海北接了电话后，对方脱口就说："席先生，您好！"刘海北只好纠正说："敝人姓刘。"还好他够大度，也够淡定，对于席慕蓉的出名泰然处之，并不觉得这样就被妻子的风头盖过了，反而衷心地为妻子感到高兴，如此心胸，在这个盛行大男人主义的国度实属少见。

在挑剔的男人看来，席慕蓉也许并不是传统意义上的贤妻，毕竟她不擅家务，连菜也不会做。江湖传说当初席慕蓉为了博得刘海北的好感，在他生病时特意熬了一锅清粥，由此征服了他的心，可她的厨艺，大概也只限于熬粥而已。在比利时留学时，她曾经为同学们做了一桌子的菜，五颜六色的看上去很诱人，可同学们一尝之后，就再也没有人肯吃她做的菜了。

结婚之后，她最不喜欢做的事仍然是买菜和做饭，刘海北就主动担任"家庭煮夫"，他烧得一手好菜，所做的炸酱面尤其出色，孩子们都说，台湾所有饭店卖的炸酱面都不如爸爸做的好吃。每逢有特别高兴的事，他就会进厨房精心烹制炸酱面，到后来，能吃到一碗"刘氏炸酱面"成了孩子最想要的奖励。每次丈母娘来做客时，他会特意将炸酱面煮得熟烂，将黄瓜丝胡萝卜丝切得细细的，以照顾牙口不好的老人家，其细心体贴可见一斑。

人们往往认为，和一个诗人生活在一起是种很折磨人的体验，梁实秋就说过："诗人住在历史里时，是天才；诗人住在隔壁时，就是疯子。"这话并不夸张，从古至今不疯魔不成活的诗人不在少数，前有徐渭发狂杀妻，后有顾城伤妻后自杀，在平常人眼里，这些诗人的行为和疯子没有什么区别。女诗人没那么暴力，但她们往往也被自己的才华所伤，轻则伤春悲秋哭哭啼啼，重则孤僻执拗不近人情。更有甚者，没写出一句好诗来，却染了一身诗人的毛病。

所幸，席慕蓉是个特例，这些诗人常有的毛病在她身上几乎看不到，她成名后并没有得意忘形，不管在外面有多大的名气，回到家里，她仍然是丈夫体贴的妻子，是孩子们慈爱的母亲。她会把家里收拾得井井有条，会将院子侍弄得鲜花似锦，她还有一项神奇的本事，那就是善于找东西，刘海北翻箱倒柜都找不到的东西，她总能在第一时间内就帮他找到。

有很多仰慕她的人在熟悉了她之后，都会有点失望地说："你怎么活得一点都不像一个女诗人？"言下之意是，你怎么活得如此普通？在他们的想象里，女诗人应该过着那种吟风赏月、不食人间烟火的日子，席慕蓉却和芸芸众生一样结婚生子，养儿育女，活得兴兴头头热热闹闹，看上去比大多数人还更加接地气，这难免有悖于他们对女诗人的想象了。

面对这样的质疑，席慕蓉总是淡然一笑，不去辩驳，顶多说一句："我本来就是个普通人啊。"她从来都是以普通人自居，认为自己是个再普通不过的女人，过着再普通不过的生活。这和那些以女诗人自居的人截然不同，在后者眼里，艺术是最重要的，可以为艺术舍弃生活，而在席慕蓉眼里，生活才是第一位的，分量绝对重于艺术，孩子出世后，几年内她都只忙着照顾孩子，没写一首诗。

人生说到底就是一种取舍，这两种生活并没有高下优劣之分，只是代表了两种不同的选择、不同的身份定位。从一开始，席慕蓉写诗就没有抱着"为诗歌献身"的崇高目的，她其实拿自己当个诗坛的"局外人"，这种态度，让她保持着难得的清醒和超脱，不会趋于狂热。

她像个善于平衡的高手，把自己敦厚乐观的一面给了生活，将自己细腻忧伤的一面放入诗歌。对于有些诗人来说，诗歌是火焰，是喷涌而出的岩浆，足以将生命烧成灰烬，而对于她来说，诗歌是水流，是涓涓流过的清溪，一点一滴地缓缓浸入她的生活中。

所以我们欣喜地看到，她貌似寻常的生活其实渗透了诗意：

她会爬很高的山，只为了去看山顶洁白的百合花，会走很远的路，只为了看一看梦中的草原，会在读书时就省下自己的零花钱买来一盆棕榈，只为了给客厅增加一些南国情调；

她会在写完一首诗后，先读给刘海北听，问他懂不懂，知不知道是什么意思，刘海北后来自嘲说，白居易写好诗后也会先请一位老妪过目，原来自己充当的就是这个老妪的作用；

她会对着一盆海棠画上一整天也不厌倦，也会在无人打扰的下午静静写诗，这有助于她偶尔从尘世超脱出来，享受片刻的甜蜜和忧伤，即便是忧伤，那也是清如风淡如水的，她从不沉湎其中；

她会在春天上班的途中，因为看到了一株开满了花的树，整个人都受到了震动，写下如此动人的诗句：

> 如何让我遇见你，在我最美丽的时刻，为这，我
> 已在佛前求了五百年。求佛让我们结一段尘缘。佛于
> 是把我化作一棵树，长在你必经的路旁。阳光下，慎
> 重地开满了花，朵朵都是我前世的盼望……

这并不是一首爱情诗，却也可以看成是一首情诗，写给那

棵花树，写给她一切她挚爱着的美丽事物。她给我的印象，就像是这棵开满了花的树，既有花的明媚，又有树的挺拔，在阳光下，慎重地开满了花，朵朵都是她对生命的热情。

读她的诗和散文，我常常会很诧异，诧异于她对美的敏感，更诧异于她对幸福敏锐的感知能力。前一点对于诗人来说不算稀奇，后一点却难能可贵。

她是如此容易感到满足，一阵微凉的风、一束开在山顶的百合花、一片皎洁得如霜似雪的月光、一只小小的翠鸟、一棵亭亭如华盖的树，乃至于丈夫亲手做的一碗炸酱面，孩子一句轻轻的呼唤，都能让她备感珍惜，觉得生命是如此美好，就像她自己所说的那样，原来平凡的人生里竟然有着极丰盈的美，取之不尽，用之不竭，令她的心中常常充满了感激和感谢。

朋友们常常笑她太容易知足了，殊不知，只有知足的人才是幸福的。幸福并非一种状态，而是一种能力，缺乏这种能力的人即使占有的东西再多，也很难感到幸福，拥有这种能力的人即使身无长物，也能收获平静喜悦的心境。

女诗人中，席慕蓉可以说是"幸福力"最高的一个了，她总是能从微小的细节中，窥到幸福的样子。她在散文中写过这样一句话，"我有着长长的一生，而你，你一定会来"，这个你，指代的并不是爱人，而是"幸福"。这是一句写给幸福的情话，她深信，幸福一定会到来的。

如她所期盼的那样，幸福果然如期而至，一点都没有迟到。想要了解这种生活有多美妙，不妨去看看她的名篇《槭树下的家》：

> 清晨，早起的鸟儿在槭树上唱歌，早起的孩子也在窗户下唱歌，细心的丈夫则提醒孩子们说："小声一点，你妈妈还在睡觉。"

睡在床上的她享受着这种关怀，快乐得禁不住微笑起来。不过是一栋普普通通的房子，一个普普通通的家庭，那一刻，她却清醒地感觉到了自己的幸福，一种几乎可以听到、看到和触摸到的幸福。

幸福就像一束光，有过被它照亮的瞬间，就足以让余生不再暗淡。在携手走过数十年后，2009年刘海北因病去世，但他给过席慕蓉的那些幸福片段，已足够她一生受用。在怀念他的诗里，她深情地写道："愿天长地久，你永是我的伴侣。我是你生生世世，温柔的妻。"

曾经相爱，即是永恒，也许，这就是幸福的真谛。

舒婷：我必须是你近旁的一株木棉

有一年春天去厦门旅行，在一个清晨，花五块钱坐上船家的渡船，小船儿摇呀摇，几分钟就来到了鼓浪屿。阳光下的小岛像刚刚睡醒，在太阳下懒洋洋地睁开了眼睛。古旧的建筑一角，三角梅开得正艳丽，老房子中有人在练琴，海风吹来，将叮叮咚咚的琴声传入游人耳中。

一座城市有它特殊的范儿，从厦大芙蓉湖畔的学子，到鼓浪屿的琴声，厦门逐渐在我面前显示出它独有的文艺范儿。这座曾被诗人舒婷以柔美之笔细细描绘的海滨小城，有着文艺女青年的梦幻感和小清新，或许不如三亚那样富有热带风情，却以宁静低调的气质惹人遐想。春日静好，碧海蓝天，那一股文艺清新的气质，在城市的每一个角落弥漫开来。

大海是厦门的笑靥，鼓浪屿则是这笑靥上善睐的明眸，她有很多种表情，日光下的明媚，夜色中的旖旎，潮来时温暖热烈，潮退时安静惆怅——这是一双有故事的明眸，不到两平方公里的小岛上，据说散落着近万所名人故居，你在某个小巷不经意路过的某栋老房子，有可能就住过某位在历史上赫赫有名的人物，有的已人去楼空，如林语堂，有的伊人尚在，如舒婷。

经过中华路时，听见有位导游正在向游客们介绍说："喏，那栋老房子里就住着诗人舒婷！"顺着她手指的方向，可以看见一栋古老的红房子，掩映在几株高大的木棉树下，遥遥望去并没有什么特别的，就像屋主一样低调。正值春天，木棉花正在灼灼盛开，高挺的枝干上，挂了一树红硕的花朵，偶尔有一朵坠落在地上，会发出啪的一声响，难怪舒婷会说它像"沉重的叹息"。

年轻的导游还在起劲地解说着："舒婷你们听说过吧？就是写《致橡树》的那个舒婷，很有名的诗人，她就是我们鼓浪屿的！"见游客们有的还是茫然不知舒婷是谁，她索性朗诵起

了《致橡树》："我如果爱你，决不像攀援的凌霄花，借你的
高枝炫耀自己……"

这首诗我当年记得烂熟，现在仍能倒背如流。在那个诗歌热
还没有退潮的80年代，说到朦胧诗，肯定会提舒婷，而说到舒婷，
肯定会提起这首经典的《致橡树》。我不算舒婷的诗迷，但至少
也读了她的一本诗集和几本散文集，这次来鼓浪屿，背包里还随
身携带着她的《真水无香》。

舒婷住的红楼建造于20世纪30年代，迄今已经有近九十
年的历史了。尽管年深日远，但是被雨水冲刷过的红砖外墙依
然嫣红，廊柱装饰着水泥雕花，似乎还保留着往昔残留的气派。

红楼雕花砖色依旧，却已见证过三代女性的命运。第一位
女主人是舒婷丈夫陈仲义的奶奶，屋子中堂的正厅里，还悬挂
着老太太的画像，眼睛微凹，双颊瘦削，是典型的福建女子的
长相。

福建靠海，为了谋生，很多青壮男人不得不下南洋，留下
妻子在家中抚老育幼，一个人挨过漫长光阴。陈家老太太就是
这样一位留守的华侨女眷，她十八岁嫁入陈家，新婚燕尔丈夫
就只身去菲律宾学做生意，不幸惨遭抢劫在路上被人杀害。那

时她才只有十九岁，正是如花似玉的年龄，却毅然守节不嫁，抱养了三个孩子，靠纺纱将他们一一养大，然后再送往南洋子承父业学做生意。

孩子们都很争气，生意越做越大，陆续汇钱回家。陈老太太花了五千美金买地置房，在 20 世纪 30 年代，这是一笔了不起的巨款。在老太太的一手操持下，才有了这栋气派的两层红砖楼，亲友们纷纷送上贺礼，每逢老太太过生日时，子孙们都会漂洋过海来为她庆祝，送上的寿礼都是贵重的金饰与玉镯。

听起来，这像一个守得云开见月明的故事，可是细味起来全是凄凉。老太太这辈子，得到了晚年安稳，得到了无限风光，却唯独没有得到过爱情。即便有，那也太过短暂了。她的一生，都是在孤寂和守望中度过的。

舒婷的婆婆，同样是一个留守侨眷。她本来是陈老太太抱养的养女，后来老太太见她聪明伶俐，就索性将她许配给了最小的养子。她比丈夫大六岁，既是妻子，也是姐姐，结婚后丈夫照例去了南洋，去时她怀胎六个月，回来时儿子都已四十岁了。这样的婚姻，除了经济上的支援，什么都给不了她。

回顾奶奶和婆婆一辈子的命运，舒婷曾不胜惋惜地写道："在鼓浪屿的深宅大院里，有多少这样的妇女：清纯的、柔弱的、如花似玉的，悄然无声被惨淡岁月啃啮着，内心千疮百孔，外表富丽堂皇。"她用"囚妇"来形容她们。

如果说她们代表的婚姻模式是分离和孤独，舒婷的母亲代表的则是另一种婚姻模式，那就是全然的依赖。

舒婷的母亲是大富之家的二小姐，外表和性情一样楚楚可怜，是那种旧式淑女，精通钢琴、书法、插花等，却毫无实际生活的能力。舒婷的父亲对她一见钟情，将这位娇嫩的小妻子照顾得无微不至，他在银行任职，收入丰厚，回到家里连下厨房、拖地板、缝被套之类的家务事都一手承包了。她可以睡到日上三竿也不起床，躺在被窝里安心地看小说。一家四口外出坐火车，他忙着照顾小孩，她却在一旁静静看着小说，遇上的熟人指着她对他说："这是你前妻生的大女儿吧？"

她是那种典型的娇妻，被呵护在丈夫的羽翼之下，仿佛停止了生长。可惜没有人可以成为永远的依靠，在接二连三的运动中，她的丈夫被判处劳改八个月，结果却去了整整八年，她很快就顶不住重重压力，只好听人劝告和他离了婚。娇弱如她，哪里经得起这样的狂风骤雨，她就像一朵离开了温室的花，很快就骤然萎谢了，没有来得及等到全家团聚那一天。

她让我想起舒婷诗中所说的"攀援的凌霄花"，离开了依附的大树后，就没有办法独立生存。而红房子里舒婷的婆婆和奶奶，则令人想起诗里那种"痴情的鸟儿"，日复一日重复着单调的歌曲。

舒婷，这个鼓浪屿的女儿，决不愿再重蹈奶奶和妈妈们的覆辙，她既不想做攀援的凌霄花，也不想学痴情的鸟儿，而是要成为一个独立而坚强的女子，追求一种平等的爱情。《致橡树》既是她的爱情宣言，也是她的人格宣言。

舒婷本人就是诗中木棉的最佳代言人，尽管有着一个相当女性化的笔名，实际上她的性格却偏于男性化。她从小就是个假小子，是在鼓浪屿长大的，从小沐浴着海风和阳光，晒得一身黑不溜秋，有主见，爱捣蛋，妈妈亲昵地称她为"精灵鬼"，有什么事都喜欢找她商量。爸爸则对这个长女宠爱有加，她刚出生不久，爸爸就抱着她狂喜地喊道："女神！我的女神！"

除了那份文艺气息外，舒婷和天真不谙世事的母亲并无多少相似之处。她的性格更像其父，在她的描述中，父亲豪爽又不失细腻，自小就挑起了一大家子的重担，哪怕被下放到农场去劳改，也仍然是家里人的主心骨。同时又很有生活情调，喜烹饪、能养花、爱旅游，酷爱武侠小说的他曾经成功地培育出了金庸笔下的"十八学士"茶花，又曾以书中地名为索引，游遍了祖国的大好河山。他很有江湖义气，即使一度落魄到要拉板车维生，仍然会掏出身上所有的钱无私帮助不认识的陌生人。

舒婷遗传了父亲的侠气和硬气，尽管她看起来弱不禁风，因为深度近视又戴着一副金丝眼镜，其实藏在文弱外表下的，却是一派侠女风范。她为人飒爽、热情，很有自己的想法，还在读书时就是班上的刺儿头，那时全班同学都抢着递交入团申请书，她却不肯交，班上的先进分子找她谈心，她却振振有词地辩解说："入不了团也可以当优秀学生。"学校组织跳忠字舞之类的活动，她总是离得远远的。

受时代影响，舒婷前半生的命运也颇多波折。她的中学时代是以大字报、红袖章和革命大串联等结束的，初中二年级都没上完，学业就被打断了。从此她再也没上过学，大学梦由此破灭。叛逆的她之后再也不肯参加任何考试，包括后来的成人高考和作家班之类。每次填简历写到文化水平一栏时，她总是自豪地填上：初中毕业。其实只读了两年，还没有毕业，但她觉得已经足够了。

十七岁下乡插队，落户的地方山高水寒，长得最好的蔬菜只有芥菜，一年有半年只能吃干菜，被她形容为"干菜岁月"。纤弱的她学会了挑水、插秧，干各种粗活重活，还学会了用几棵芥菜、一点肉做出美味的中秋宴来。没什么书可看，她就拿着一本《新华字典》坚持每天学六个生字，努力向上的心愿就像一棵绿藤萝，永远向着有光的地方生长。

返回厦门后她最先做的工作是在一家小小的铸石厂做合同工，工作十分辛苦，每天得穿着厚厚的工作服，抓着超过她体重的二米铁钎，将百十来斤重的铸模推进窑里。几天下来左腮红肿，高烧不退。比劳累更可怕的是孤独，她的书生气质让她和那群女工就像油和水那样无法融合在一起，休息时大家聚在一起有说有笑，没有人理睬她，她索性掏出一本书，坐在石头上自顾自地埋头苦读。回顾那段岁月，她形容说，那种感觉，就像"一个人在途中"。

她做过多年的工厂女工，铸石厂后，还去过水泥预制品厂、漂染厂、织布厂、灯泡厂等，干的活大多又苦又累。但她从没有放弃过写诗，那个时候，诗歌就是她的宗教、她的伴侣、她的救生圈。她的诗歌发表后，工厂的同事们都对这位文静而倔强的女孩刮目相看。

真正改变她处境的还是那首《致橡树》。这首诗的缘起是她陪老诗人蔡其矫在鼓浪屿散步时，蔡其矫向他感叹说美女大多没有才华，而才女通常缺乏姿色，两者总是难全。舒婷听说

后很不服气，觉得男人都对女人有着严苛的标准，其实女人何
尝又没有自己的选择标准和更深切的期待呢？

当天夜里，她挥笔写下了一首诗，近乎一气呵成，取名为《橡
树》。蔡其矫读后带到了北京推荐给艾青，艾青看后非常欣赏，
并建议改名为《致橡树》。1979 年 4 月，《诗刊》上选发了此
诗，舒婷的名字由此响遍了大江南北，她也终于得以从繁重的
体力劳动中脱身，去福建省文联当了一名专业作家。

值得一提的是，写这首诗时，舒婷其实只在电影里见过橡
树，也许在她心目中，只有这种树冠繁盛、遮天蔽日的大树才
足以和开着一树红硕花朵的木棉相配。

舒婷这棵木棉，很晚才遇到她的橡树。可以想象，一个能
写出《致橡树》那样的女诗人，对于爱情和婚姻一定有着非比
寻常的要求，那种以依附为目的、以牺牲为代价的爱情决不是
她想要的。

正是因为宁缺毋滥，她一直等到了二十七八岁还没有结婚，
在那个年代已经是个不折不扣的大龄女青年了。亲友们都着急
了，她却依然气定神闲，坚信真命天子一定会从天而降。

真命天子原来就潜伏在她身边，他叫陈仲义，在厦门一所

大学任教，长得人高马大，朴实木讷，却和她一样嗜诗如命，谈起诗歌来就滔滔不绝。他也住在鼓浪屿上，距离她家不过三分钟的路程，因为对诗歌的共同爱好，渐渐有了来往，他常常步行到她家来谈诗，一谈竟谈到了深夜。

两人情愫暗生，却谁也不肯先挑明心迹。直到有一天，舒婷从三峡远游归来，风尘仆仆，鼻子都晒脱了皮，陈仲义慢慢地从她家那株番石榴树下走进房来，步子依然镇定，四目相对，彼此都明白了对方的心意。他还没有开口，舒婷已将行囊扔在地上，对他说："好吧。"一个月后，他们结了婚。

这就是舒婷洒脱的地方，爱情没有来临时，她决不将就，爱情真的降临时，她也会爽快地伸手迎接，决不拖泥带水。结婚时，陈仲义三十二岁，舒婷二十九岁，都是大龄男大龄女了。

按照舒婷的想法，婚礼一切都得从俭，疼爱她的父亲却不依，非要给她准备四车嫁妆，用四辆小板车拉到陈家，一辆是书籍稿件，一辆是干果蜜饯，一辆是衣服缎被，还有一辆装上了老人家精心培育的二十几盆玫瑰花，开得五彩缤纷十分娇艳，为婚礼增色不少。

舒婷就这样成了木棉树下那栋红楼的第三任女主人，但红房子对于她来说不再是一个冰冷而华丽的囚笼，而是一个充满了温馨和笑语的安乐窝。

尽管舒婷婚前曾和陈仲义约法三章：一不做家务，二小两口单独过，三交友自由，实际上除了第三点其他两点全部都没有作数。婚后，她心甘情愿地侍奉公婆，照顾幼儿，买菜做饭带孩子，忙得脚不沾地，一双写诗的手如今放下了诗笔，拿起了锅铲，连父亲都酸溜溜地对女婿说："我养一个诗人女儿，你家得一管家媳妇。从前为了让她专心工作，我连茶都要替她斟好的。"

舒婷本人却甘之如饴，因为陈仲义不仅待她关怀备至，还懂得她的珍贵，甚至比她本人还珍惜她的才华。舒婷腰椎受过伤，坐藤椅太硬会硌着，他就转遍整个厦门岛，终于为她扛回两把舒适的皮椅。舒婷大大咧咧不爱理琐事，他就一手代理了她的出书、约稿、演讲一概事宜。舒婷有时放松脑筋偷偷看侦探小说，他就摆出家长的姿态来教育她，她只好很不服气地回答说："我不能守桌待诗！"

儿子出生后，这个三口之家更是其乐融融。舒婷和陈仲义不约而同地对儿子采取了放养政策，当别的小朋友都在忙着学钢琴、学画画时，他们的儿子却骄傲地宣称："我学玩！"儿子从小就以妈妈为荣，曾对班主任介绍说："我妈妈是诗人舒婷！"低调的舒婷听了后大惊失色，忙让他以后说妈妈是在厦门灯泡厂工作的。在儿子考入大学后，舒婷担心他轻率地恋爱，便专门给他写了一封信，信中郑重地说："假如你太急切、太草率，随便付出自己的感情，等到你理想的、你想要的出现，你已经没有机会了。"这正是她的切身体会。

当然，虽然舒婷婚后以"煮妇"自诩，但一不小心，还是会露出一条女诗人的尾巴来。她仍然保留着自己的独立空间，有一份挚爱不渝的工作，还有一大群肝胆相照的诗友。舒婷热情爽朗，和北岛、顾城、谢烨等人的关系都很好，顾城和谢烨去世后她还曾撰文纪念他们。

舒婷终于如她所愿，拥有了一份新型的爱情，她和陈仲义之间既彼此独立，又互相依靠，作为他近旁的一株木棉，她以树的形象和他站在了一起，"我们分担寒潮、风雪、霹雳；我们共享雾霭、流岚、虹霓，仿佛永远分离，却又终身相依。"

这样的关系才能更加持久而稳定，毕竟，人生那么漫长，充满了变数和考验，一个人的力量太微薄了，只有找到那个能和你并肩作战的人，才拥有抗击寒潮和风雪的能力。

参考书目

1.《历代女性诗词鉴赏辞典》，叶嘉莹等编著，上海辞书出版社，2016 年 9 月出版。

2.《史记》，司马迁著，中华书局，2006 年 6 月出版。

3.《西京杂记》，刘歆等撰，上海古籍出版社，2012 年 12 月出版。

4.《后汉书》，范晔著，中华书局，2007 年 8 月出版。

5.《世说新语》，刘义庆撰，中华书局，2007 年 9 月出版。

6.《三水小牍》，皇甫枚著，中华书局，1958 年出版。

7.《唐才子传校笺》，傅璇琮编，中华书局，2002 年 8 月出版。

8.《唐女诗人甄辨》，陈尚君著，海豚出版社，2014 年 6 月出版。

9.《十国春秋》，吴任臣著，中华书局，2010 年 10 月出版。

10.《花蕊宫词笺注》，花蕊夫人著，徐式文笺注，巴蜀书社，1992 年 7 月出版。

11.《李清照诗词选》，李清照著，诸葛忆兵注，中华书局，2005 年 1 月出版。

若有诗词藏于心，岁月从不败美人

274

12.《李清照评传》，陈祖美著，南京大学出版社，2007 年 5 月出版。

13.《朱淑真研究》，黄嫣梨著，三联书店，1992 年 8 月出版。

14.《后村诗话》，刘克庄著，中华书局，1983 年 12 月出版。

15.《宋史》，脱脱等撰，中华书局，1985 年 6 月出版。

16.《中国绘画史图录》，徐邦达著，上海人民美术出版社，1981 年出版。

17.《柳如是别传》，陈寅恪著，生活·读书·新知三联书店，2001 年 1 月出版。

18.《板桥杂记》，余怀著，上海古籍出版社，2000 年 12 月出版。

19.《影梅庵忆语》，冒襄著，岳麓书社，1991 年 4 月出版。

20.《她们谋生亦谋爱》，闫红著，天津教育出版社，2012 年 11 月出版。

21.《纳兰容若词传》，苏缨、毛晓雯著，湖南文艺出版社，2017 年 5 月出版。

22.《一生充和》，王道著，生活·读书·新知三联书店，2017 年 4 月出版。

23.《叶嘉莹传》，熊烨著，江苏人民出版社，2018 年 3 月出版。

24.《红蕖留梦》，叶嘉莹著，三联书店，2013 年 5 月出版。

25.《易安而后见斯人》，章子仲著，当代中国出版社，2014 年 1 月出版。

26.《繁星春水》，冰心著，人民文学出版社，2003 年 1 月出版。

27.《冰心散文》，冰心著，花城出版社，2004 年 2 月出版。

28.《槭树下的家》，席慕蓉著，南海出版公司，2003 年 8 月出版。

29.《七里香》，席慕蓉著，作家出版社，2010 年 9 月出版。

30.《真水无香》，舒婷著，作家出版社，2007 年 10 月出版。

图书在版编目（CIP）数据

若有诗词藏于心，岁月从不败美人 / 慕容素衣著
. 一 南昌：百花洲文艺出版社，2019.11
ISBN 978-7-5500-3422-8

Ⅰ . ①若… Ⅱ . ①慕… Ⅲ . ①传记文学－中国－当代
Ⅳ . ① I25

中国版本图书馆 CIP 数据核字（2019）第 217407 号

若有诗词藏于心，岁月从不败美人
RUO YOU SHICI CANG YU XIN,SUIYUE CONG BU BAI MEIREN

慕容素衣　著

出 品 人	李国靖
特约监制	何亚娟　夏　童
责任编辑	李梦琦　冉卓异
特约策划	何亚娟
特约编辑	夏　童　秦　姣
封面设计	熊猫布克
版式设计	赵梦菲
封面绘图	度薇年
插图绘图	Godot
出版发行	百花洲文艺出版社
社　　址	南昌市红谷滩世贸路 898 号博能中心 Ⅰ 期 A 座 20 楼
邮　　编	330038
经　　销	全国新华书店
印　　刷	嘉业印刷（天津）有限公司
开　　本	880mm × 1230mm　　1/32
印　　张	9.25
字　　数	147 千字
版　　次	2019 年 11 月第 1 版第 1 次印刷
书　　号	ISBN 978-7-5500-3422-8
定　　价	42.00 元

赣版权登字：05-2019-268
发行电话　0791-86895108
网　　址　http://www.bhzwy.com
图书若有印装错误，影响阅读，可向承印厂联系调换。